ハヤカワ文庫JA

〈JA1498〉

誰も死なないミステリーを君に
眠り姫と五人の容疑者

井上悠宇

早川書房

8711

本書は書き下ろし作品です。

誰も死なないミステリーを君に
眠り姫と五人の容疑者

プロローグ

新校舎の屋上に現れた見知らぬ少女は、まるで世界の終わりを眺めているような、そんな暗い瞳をしていた。

それもそのはずで、彼女には人の死がわかるのだという。病死や寿命以外の厄災でこれから死んでしまう人の顔を見ると、相手の両目を覆う黒い帯のような横線が見える。そんな能力を彼女は生まれつき持っているらしい。

「それって絶対に避けられない死の運命だってこと？」

給水塔の陰に座って読書をしていた僕は、読んでいた推理小説を閉じて聞く。

「……今まで誰一人として助けられなかったから」

この学校のものではなく、近くにあるお嬢様学校の制服に身を包んだ彼女は、落下防止フェンスを背にしゃがみこみ、こちらを見ることなくそう答えた。

　ここにやってきてから一度も、僕と目を合わせていない。

「黒い線は、一本ずつ増えていくの。誰かがペンで顔写真を塗りつぶしていくみたいに。頭を含めた空間ごと黒で覆いつくしてしまったら最期、その人に死が訪れる」

　沈鬱そうに溜息を吐く。

　人の死がわかる能力。

　本当にそんなものがあるのだろうか。

　現実的に考えればありえない。けれど、彼女に僕を騙す理由はなく、からかってやろうという雰囲気でもなかった。それに僕たちはさっき初めて出会ったばかりで、冗談を言い合う仲ではない。

「さっき、助けられなかったって言ったけど、それは、死の予兆が現れた人たちを助けようとしたってこと？」

　彼女は小さく頷く。

「全員を？」

「最初のうちは。でも、誰一人として、運命は変えられなかった」

　人の死が見える奇跡の能力も、助けられないのであれば、苦しまされるだけの呪いにしかならない。死の予兆が現れた誰かに伸ばした手は届かず、何度も絶望を味わってきたに違いなかった。

彼女がここにやって来た理由はなんだろうか。

思い当たるのは、先日、この新校舎の向かい側にある旧校舎で火災が発生し、屋上から一人の男子高校生が飛び降りたことだ。ニュース番組でも報道された事件である。事故か、自殺かは不明だが、もしかしたら、彼女には彼の死がわかっていたのかもしれない。

「これから死ぬ人がわかるって、本当に？　冗談じゃなくて？」

彼女は何も答えず、ただ俯いている。

他人の死が見える能力の真偽を言い争う気はないようだ。きっと彼女は胸に抱えた厄介な悩みを適当な誰かに吐き出したいだけであり、僕が信じようが信じまいがどうでもいいのだろう。

その一方で、僕は彼女の話にとても興味を覚えていた。

「もし、それが本当なら、素晴らしい」

そんな気持ちが口をついて出てしまった。

「素晴らしい？　こんな、最低、最悪の、嫌な体質が？」

彼女は怪訝そうな眼差しでこちらを見つめる。

けれども、本当にそう思うのだ。なぜなら僕は、ここで暇つぶしに読んでいた推理小説の名探偵たちに失望していたからである。

彼らはいつもきまって事件が起こってから行動を始める。誰かが殺されてから、灰色の脳細胞をフル回転させて、あるいは、もじゃもじゃ頭を掻きむしって、隠された真実や真犯人を暴く。名探偵が推理に手間取っている間に、次々に人が殺されていくことだってよくある話だ。しかしなぜ、それほどの類まれなる推理力をもってして、事件を未然に防げないのか。最後の最後で犯人を見つけて捕まえられても、それまでに殺されてしまった被害者は生き返らないのに。

世間ではもてはやされる名探偵だが、事件の発生すら防げない名推理に、一体どれほどの価値があるのか、僕には甚だ疑問だった。

名探偵とは――

「人がたくさん殺されるミステリーも、君なら、誰も死なないミステリーにできる。ミステリーとしては、とてもつまらないかもしれないけれど、登場人物は全員救われるんだ。誰も殺さずにすんだ犯人さえも救えるかもしれない。それは素晴らしいことだ」

「……誰も死なないミステリー？」

僕の思う名探偵とは、名推理でもって事件の発生を阻止し、未然に解決できる者だ。

その事件は、本来殺人事件になるはずだったが名推理により誰も殺されなかったという結末を迎える。推理によってそれを実現した者こそが、真の名探偵といえるのではないか。目の前にいる口をへの字に引き結んだ少女は絶望の淵に立って、その淵から奈落へと突き落とされる者たちを、なすすべなく見守ることしかできない状況に苦しんでいる。けれども、そんな彼女にだけ与えられる絶望は、誰かが殺される前に事件を解決できる希望を秘めていた。

これから死ぬ人を助けられるのなら。

未来に起こる殺人事件を察知して、それを防げるのなら。

「そう。君は世界で唯一の、真の名探偵になれる」

この物語は、誰も、何も信じられない遠見《とおみ》志緒《しお》と、奇跡を信じてみたい僕が、最初に遭遇した事件である。

僕が高校三年生で、志緒が一年生。

死の予兆は呪いか、それとも奇跡か。

僕たちが、まだ知らないでいたときの話だ。

§　眠り姫と五人の容疑者《スリーピング・ノット・マーダー》

僕は弁当屋〈馬心弁当《まごころべんとう》〉でバイトをしている。

馬心弁当は閑古鳥の鳴く商店街の外れに去年出来た小さな店だ。

そこはあまり人通りがなく繁盛しそうにもない立地の悪さなのだが、馬肉を使った店の看板メニュー〝美味馬弁当《ウマウマ》〟の美味しさが口コミで広がり、今では毎日、行列ができるほどの知る人ぞ知る名店となっている。ウマウマ弁当は仕入れの関係上、数量限定の販売となっていて、その入手困難さが人気に拍車をかけているようだ。

僕が働くのは週三日、書き入れ時の午後四時から午後七時まで。時給は九百五十円とそこそこだが、バイト終わりに弁当を一つ、まかないとして持ち帰ることができた。

失踪した父の残した多額の借金を返済するため、プログラマーとして仕事に復帰した母は多忙を極めており、帰宅はいつも夜の十二時を回る。家事は無論のこと、晩御飯など用意できないのが常だ。そんな我が家にとって、まかない弁当の支給はとても助かる采配であり、それこそ僕が馬心弁当で働くことに決めた一番の理由だった。

もちろん、ウマウマ弁当をまかないで食べられるんじゃないか、といった下心があったのは確かである。値段が二千円と高価なウマウマ弁当は、買う機会があったとしても、なかなかに手を出しづらい。あわよくば無料のまかないで入手したい、とは思っていたが、僕のバイト終了時には当然のように売り切れていたので、働き出して二カ月経った今でも、そんな願望は叶わなかった。

ただ、僕は一度だけ、ウマウマ弁当を食べたことがある。

馬心弁当で働いて初めての給料日、人語を解する熊みたいな店長が現金の入った封筒と一緒に「ウチで働いてるのに、看板メニューの味も知らないのはちょっとね」と、ウマウマ弁当を手渡してくれたのだ。初めて自分で稼いだお金と高級弁当を手にした僕は、まさに盆と正月が一緒に来たような心地で、帰宅する足取りは、帝王と呼ばれた名馬のごとく大変軽やかだった。

団地の階段を駆け上がって家に入り手洗いを済ませると、僕はすぐに弁当を食べることにした。いつも箱詰めで見ているばかりだった弁当の蓋を開けて、思わずごくりと唾を飲み込む。

ウマウマ弁当は、白飯の上に低温でじっくりとローストした厚切りの馬肉を敷き詰め、自家製バルサミコソースをかけただけのシンプルな弁当である。つけあわせや薬味がないのは、馬肉とご飯を味わうことだけに集中してほしいという、店長のこだわりだった。

割り箸をわって、一口。

脳内に競馬場で聞くあのファンファーレが鳴り響き、開かれた口のゲートから「ウマッ！」という言葉が飛び出した。口の中で馬肉を噛む度に「ウマッ！」が体内を駆け巡って、口を開くと飛び出ていった。思わずにやけてしまう口元から、次々と競走馬を走らせ、僕はウマウマ弁当を夢中になって食べた。それでも半分食べたところで、あとは残しておこうと思い留まれたのは、この感覚を母とも分かち合いたかったからである。

ウマウマ弁当は実に衝撃的であった。漏れ零れた感想が陳腐な駄洒落だったことに後から気づかされるほど、人を虜《とりこ》にする魔性を秘めた弁当だった。

いつも通り十二時を回って帰ってきた母に、ウマウマ弁当を食べさせるとやはりその口から「ウマッ！」が飛び出した。それはきっと、ウマウマ弁当を口にした者の、抗えぬ宿命なのだろう。

僕はバイト代を自分の趣味である読書に使う五千円だけ抜いて、残りを母に渡した。母は受け取りを渋ったが、日常で使うお金は充分に足りているのだと言うと受け取ってくれた。我が家の家計が苦しいのは暗黙の了解である。

母は「なにこれ、涙がでちゃう」と、ウマウマ弁当の美味しさに感激した様子だった。

僕は大変満足だった。

そんな日々を過ごしていた頃。

週初めの月曜日。バイトの終了時間を迎え、僕はどの弁当を持って帰ろうか思案していた。まかない弁当は自分で作って持って帰る手はずになっている。ウマウマ弁当は売り切れているので選択肢になく、唐揚げ弁当か、エビフライ弁当かで迷っていた。どちらも好物なので甲乙つけがたい。

すると、レジ担当のグエン・ティ・トイ・トイさんが僕を手招きして呼んだ。

「佐藤クン、お持ち帰りデスヨ」

マスク越しに瞳だけで笑んで、意味不明なことを言う。

留学生のトイトイさんは、いつも元気はつらつとして感じの良い人だ。どんなクレームがきても「スミマセン、ワタシ、イタラズ、ショウジンシマース」と、申し訳なさそうに彼女が言えば、なぜだかみんな赦してしまうという特技の持ち主である。僕には不可能な人柄の勝利だろう。いくつもバイトを掛け持ちしているトイトイさんは、そのお金をほとんど故郷への仕送りにあてているらしい。

「シンコクなお話、アリマスネ?」

トイトイさんが向けた視線の先、店内に佇む長い髪の少女がいた。

伏し目がちで、世界の終わりを見ているかのようなその表情。

一見して、僕はすぐに誰か思い当たった。

数日前に学校の屋上で出会い、死が見える能力を持っていると語った少女だ。そのときは、お嬢様学校の制服に身を包んでおり、他校の生徒だと思っていたが、今日はなぜか、僕の通う秀桜高校の制服を着ている。

その少女、遠見志緒は上目遣いに僕を見ると、頭を下げた。

どうやら弁当を買いにきたわけではなく僕に用があるようだ。彼女と会うのはこれで二回目。バイトをしていることなんて言わなかったのに、なぜここがわかったのだろう。

「……ふむ」

コックコート姿の店長がカウンターからぬっと顔を出し、彼女を足元から頭までじろじろと見ると「まかないは私が用意するから、もうあがっていいよ」と僕に言って、厨房へと戻っていった。どうも気を遣わせてしまったようだ。

「佐藤クン、お疲れサマ。ちゃんと彼女、お持ち帰りクダサイ。気をつケテー。バイバイ」

小さく手を振るトイトイさんに、僕は「お疲れさまでした」と答えた。この国では〝女性をお持ち帰りする〟という表現によからぬ意味がこめられることがあるが、トイトイさんには教えなくていいだろう。純真無垢に思えるトイトイさんの内面には、染み一つつけたくない。

僕は遠見志緒に「すぐ行くので店の前で待ってて」とだけ言い、その場を後にした。

更衣室のロッカーで手早く着替える。

「佐藤くん」

ノックの音がしてドアが開き、のそりと大きな体を揺らして店長が姿を現わした。

「まかない弁当、ここに置いておくよ」

彼は手提げ袋をテーブルに置いた。

「すみません。ありがとうございます」

「予備の材料で作ったウマウマ弁当を二つ、入れてある。さっきの彼女にも食べさせてあげなさい」

「えっ、いいんですか？」

給料日でもないのに驚きだ。

「うん。なんだかね――」

店長は何か思案しているようである。

「……若者があんな顔をしていてはいけないと思うんだ。どんな悩みがあるのかわからないが、私がしてやれるのはこれくらいだから」

マスクで店長の表情は窺えないが、あの絶望の淵に立っているかのような少女の姿に何か思うことがあったのだろう。僕が感謝を述べると「じゃあ、また明日もよろしく」と彼は更衣室から出ていった。なんだか格好いい大人だ。

着替えを済ませた僕は弁当の袋を引っ提げて、裏口から出て店の表へと回る。

梅雨入り前の午後七時、陽はすっかり沈んでいて暗い。

店の前で遠見志緒が僕を待っていた。

「どうして、うちの高校の制服を？　君は秀桜の生徒じゃないよね」

「他校の制服だと目立つので用意しました。今日、佐藤さんに会いに屋上に行ったんですけど、いなかったので……こんなふうに押しかけてしまって、すみません」

制服は新品のようだ。何でもないことのように言うが、そんなに簡単に用意できるものではない気がする。

「それで何の用かな？」

「……報告に」

彼女は僕の目を見ずに、足元を見つめたままだ。

俯くその表情は以前にも増して深刻そうに見えた。

「この前、死の運命は変えられるかもしれないって言われて、それで、私、そうかもしれないって思って……でも、やっぱり駄目でした。頑張ってみたけど、運命は変えられませんでした。むしろ、逆効果だったんです。それを言っておかないといけないと思って、それで……あの」

そこで彼女は思いを振り払うかのように首を小さく横に振る。

「それだけです。すみません。さようなら」

ぺこりと頭を下げて、僕に背を向けた。

「あ、ちょっと待って」

それを呼び止める。

学校で孤立している僕のバイト先を知っている者は少なく、探し当てるのは結構大変なことである。ここに辿り着くには、いろんな人に僕の行方を尋ね歩かなければならなかっただろう。それでも彼女はここまでやってきた。何かしらの強い思いが彼女を動かしたに違いない。それが運命は変えられなかったなんて僕への報告だけだとは思えなかった。

　彼女はこちらを振り返ることなく立ち止まっている。

「よかったら、話を聞かせてくれない？　僕に話しても無駄なのかもしれないけれど、そうだったとしても時間が無駄になるだけで、他に何か問題が発生するわけじゃない。そうだよね？」

　何かしらの迷いを彼女が抱えていることは、その様子から明白だ。

　死の運命を変えようと頑張ってみたが駄目だった、むしろ逆効果だった、という言葉。それが迷いの原因に思えた。

「……どうすることが正しいのか、私にはもうわからないんです」

　こちらに振り返った彼女は、今にも泣き出しそうな顔をしていた。

「私が余計なことをしたせいで、人が死ぬんじゃないかって」

　ふむ。

　余計なことをしたせいで人が死ぬ。行動すれば悪い結果を招く。そんなふうに感じてしまったら、人は身動きがとれなくなるものだ。

「でもそれって裏を返せば、君の行動で本来死ぬはずじゃなかった人の運命が変わったってことでもあるよね」

　そうなのであれば、運命は変えられないという彼女の認識と矛盾する。

けれど、彼女はわからないと言うように、首を横に振るばかりだ。

「ともかく、何か力になれるかもしれない。猫の手くらいの、微力かもしれないけれど」

正直なところ、僕は彼女の死の予兆が見える能力について、とても興味があったのだ。

このままだと気になって仕方ない。

「店長から、君に食べさせてほしいって弁当も預かってるんだ。すごく美味しい弁当なんだよ。よかったら、どこかで一緒に食べない？　その間だけでもいいから、話を聞かせて」

彼女はじっと黙ってから、やがて口を開く。

「……わかりました」

そして、やはり僕の目を見ないまま、深い溜息を吐いた。

1

私が彼女を知ったのは、ネットにあった動画からだった。

路上でハチドリが描かれたアコースティックギターを弾いた彼女は、とても楽しそうに歌っていた。年齢は私より少し上くらい。その歌が私の好きな歌で、オススメとして表示されたのだ。

真っ直ぐなストレートヘアーの彼女は、歌うときに出来るえくぼがとても可愛かった。私も真似しようと鏡の前でにっこりと笑ってみたが、ほっぺたは一ミリもへこまなくて凹んだ。動画は携帯電話で撮られたものらしく、周囲の騒音が入っていたし、音質も悪かったけれど、私は妙に惹きつけられ、何度も繰り返して聴いた。

彼女は、ただ歌がうまいだけの人ではなかった。透き通った声に、心地よいリズム。彼女は人が羨む歌の才能を手足のように使って、何かを表現しようとしていた。

その何かとは、はっきりと形があるものではないけれど、とても美しく綺麗なものだ。

悲しみに俯く人の顔を少し上げさせたり、疲れた人の心を少し元気にさせたり。彼女によって表現されたそれは、人々にささやかな幸せを与える。むしろ、形や言葉にできないそれを表現するために、彼女は歌っていたのだろう。

そんな彼女の歌は、聴いた人が携帯電話で撮ってネットにアップしてしまうくらい素敵だったのだ。だからこそ、私はひどく魅了された。

彼女が歌う他の動画はなかったので、私はずっと同じ歌を繰り返し聞き続けた。

私は彼女のことが気になって仕方なかった。

今もどこかで歌っているのだろうか。歌っているのであれば、その場所に行って直接聴くことはできないだろうか。

私には、彼女が歌っている場所に心当たりがあった。

近くではないが遠くもない。電車を使えば行ける場所である。

ただ、私はある理由から、人がたくさんいる場所には行きたくなかった。毎日、学校に通うのも億劫なくらいで、できることなら誰にも会わぬよう、家の中にずっと閉じこもっていたかった。だから、ぐずぐずと行動に移さぬまま過ごしていた、そんなある日曜の朝のことである。

「志緒、これをあげよう」

朝食のエッグベネディクトを食べていた私の前に、父の遠見《とおみ》宗一郎《そういちろう》が三角形の何かを置いた。

「昔、私が使っていたものだが」

ナイフとフォークを置いて手に取る。

それは瑠璃色のハチドリが描かれたギターピックだった。

「ギター弾いてたの？」

「君くらいの年頃のときにね」

我が家の無駄に長いテーブルの端っこに着席した宗一郎の前に、使用人のウミネコがカップを置き、コーヒーを注ぐ。父は朝食をとらず、いつもブラックコーヒーで済ませる。

私はピアノなら弾けるが、ギターは弾けない。

なので、急にギターピックをもらっても仕方がなかった。けれど父はそれ以上何も言わず、持ってきたタブレットを触りながら、コーヒーを口に運んでいる。父がそれ以上何も言わないのは、私にギターピックを渡した理由が自身にもわからないからだろう。

でも、父はときどきそういうことをする。

父にはその人が必要とするものが、直感的にわかることがあるらしい。なぜその人が必要とするのかはわからないが、その人に必要であることだけはわかるのだ。父が何も言わずに物を渡してくるのは、そういうときだった。遠見の血筋には、そのような変な力を持って生まれる人間が時々現れる。私もその一人だけれど。

私はそのギターピックを見て、すぐに動画の彼女を連想した。

彼女が弾いていたアコースティックギターにもハチドリが描かれていたはずだ。

その連想が正しいのかはわからない。

ただ、このハチドリのギターピックに重要な役目があることは間違いない。

ふんぎりがついた私はようやく重い腰をあげることにした。

エッグベネディクトを食べてしまって、作ってくれたウミネコにご馳走様を言う。さげるために私のお皿を手に取った彼女は、当然とでも言いたげに自信満々に小さく頷いてみせた。彼女の手はすらりとしてとても美しい。幼い頃は、その手が料理するのをじっと眺めるのが好きだった。


服を着替えて、ギターピックをポケットに入れ、私は家を出た。

とりあえず動画の彼女がいたらしき場所まで行ってみるつもりだった。

何も定かではなかったが、それで構わない。見当違いだったときはそのときである。

そんなふうに勢いづいて外に出た私だったけれども、それはそれとして、行動はいつも通りだった。人通りがあるところは誰とも視線が合わぬよう俯いて歩く。

私がもっとも恐れるのは、不用意に他人と目が合って、何の覚悟もなく死の予兆を見てしまうことである。この人はこれから死ぬ。それを知る度に、回避不可能な死の運命に打ちのめされ、ひどく暗鬱な気持ちに陥るのだ。

ただ、私のあずかり知らぬところで、今も誰かが死んでいることは確かだし、赤の他人の死に、いちいちショックを受けなくてもいいのではないかと思う人がいるかもしれない。

でも、そうなのだとしても、どこかで誰かが転落死するのと、目の前で誰かが転落死するのは、ショックの差に大きな違いがあることはわかってほしい。

それに、私にわかるのは、その人が〝運命に殺される〟ことなのだ。

事故に遭う、通り魔に刺される、あるいは、自殺する。

死の予兆が現れる人たちは、抗いようのない死の運命によって窮地に追い込まれて死を迎える。じわじわとその人の首に死神の手がかかろうとしているのがわかっても、私には何もできないと思い知らされることが、何よりも恐ろしかった。

だから私は、駅の階段は端の手すりにつかまって、壁を見ながらゆっくりと昇り降りするし、歩くときは足元ばかりを見るので、やってくる自転車に気づかず、よくチリンチリンと警音器を鳴らされる。

通学時のように、使用人のウミネコに車を出してもらえば、他人との接触を減らして目的地に行くことは可能だろう。けれども、そのスキップで大事なできごとを見逃してしまうかもしれない。

何もわからないときは、自分の手と足を使って探るというのが、遠見家の家訓だ。

だから、私は普通の人には奇異に見える行動をとりながら、地道に進んでいった。

どうにかこうにか、動画の彼女が歌っていたらしき心当たりの場所に到着する。

大通りを外れた街角であり、それほど人通りのない場所だ。

当然、そこに彼女の姿はない。

ただ、あらためて携帯電話で動画を確認してみると、ここで間違いなかった。

思わず「わあ」と一人声を漏らす。

彼女が歌っていた場所に立ってみたり、しゃがんで人の往来を眺めてみたりする。

この景色の中で彼女は歌っていた。どんな人たちが彼女の歌に耳を傾けたか。あの看板の下で丸まっている黒猫も彼女の歌を聴いたのだろうか。そんなふうに思いを馳せているうちに、本来の目的も忘れて、私は満足してしまった。

少しばかり浮かれ気分になった私は、その辺りを散策してから帰宅することにした。

それが良くなかった。

「おい、どこ見て歩いとんじゃ、ボケェ！」

前をよく見て歩かない私は、曲がり角で通行人とぶつかってしまい、腕を掴まれ、強引に人気のない路地へと連れて行かれていた。そこは建物の間にある路地裏で、とても薄暗い場所だった。行き止まりの壁を背に、私が追い詰められた形である。

「見てみぃ。いっちょまえの服がタピオカで台無しや。どないしてくれんねん」

サングラスをずらして、白いジャケット姿の坊主頭の小男が私を睨んでいる。

聞きなれない言葉遣いが、とても怖かった。坊主頭の言う通り、彼の白ジャケットは茶色く汚れて大きな染みになっている。その隣にいるボタンダウンシャツの背が高い男は、ニヤニヤと笑みを浮かべながら私を眺めていた。二人とも三十代といったところだ。

「……ぅ」

謝ろうとしたのだが、私は震えあがってしまい、うまく声が出せなかった。

そんな私に坊主頭は悪い笑みを浮かべる。

「誰が悪いんか、わかっとんやろなぁ？」

ぶつかりそうになったので、私は避《よ》けようとしたのだ。

けれど、坊主頭も同じ方向へと動いたので、ぶつかってしまった。

あまり強くぶつかったわけでもないが、そのときに坊主頭はタピオカドリンクの入ったプラスチックカップを握りつぶしてしまい、中身が彼の服に盛大にかかったのである。人の気配を察して無意識に視線を下げて歩いた私に問題があったことは間違いない。

クリーニング代を払えばよいのだろうか。

現金は持ってないけれど、持っているカードからは充分な額を引き出せるはずだ。それでこの状況から解放されるのであれば、すぐにでも払いたい。摑まれた腕を振り払う勇気もない私は、どうにかこの恐ろしい状況から逃げ出したい気持ちでいっぱいだった。

「なにやってんの？」

ふいに声が聞こえる。

「こんな路地に女の子連れ込んで」

路地の入口の光を背に、スタジアムジャンパーを着た長髪の少女が立っていた。背の高い男が、立ち塞がる形で彼女の前へと歩み出る。

「人聞きが悪いな。何もしてないし、何もしないって。ちょっと話してるだけだから、部外者は口は出さないでもらえるかなァ？」

それは猫撫で声ではあったが、相手に畏怖を抱かせるような言い方だった。

しかし、彼女は平然と言い返す。

「部外者じゃなくて、私の友だちなんだけど？」

「嘘をつくなよ。この子はずっと一人だった」

「ずっと一人で歩いてたから目をつけたんだ？」

背の高い男がやれやれといった様子で坊主頭を一瞥する。

坊主頭は私の腕を掴んだまま、長髪の少女に自分の汚れたジャケットを誇示してみせた。

「こいつがぶつかって、俺の一張羅《いっちょうら》を汚したんやぞ。その落とし前をつけようとしとるだけじゃ」

「あんたがわざとぶつかったの、私、見てたんだけどってか、そんなダサいジャケットが汚れたからなんなのよ。元から黄ばんでて、猫がおしっこしたシートみたいな色してんじゃん」

「なんやと、ワレェ……」

少女の挑発に坊主頭の掴む力が強くなって腕が痛い。

予想外の助勢にも、私はうろたえることしかできなかった。

このままでは長髪の少女も巻き添えになって酷い目にあわされるかもしれない。

誰かこの騒ぎを聞きつけて誰かきてくれないだろうか。

睨み合う二人の間に、背の高い男が割って入る。

「あんまり大人を怒らせるんじゃない。怖い思いはしたくないだろう？　いいか。さっさとどこかへ失せないと、その生意気な態度を後悔することになるぞ」

少女はそれを笑い飛ばす。

「後悔するのはそっちなんだけど」

スゥウッと長髪の少女は大きく息を吸い込む。


――悲鳴。


まさに、絹を裂くような悲鳴。

長髪の少女の口から発せられたそれは、超音波みたいだった。

坊主頭や背の高い男もあまりの声量に顔を顰める。私は鼓膜が破れた、と思った。

そして、長髪の少女は悲鳴を止めると、おもむろにスタジアムジャンパーのジッパーを胸元まで大きく引き下げる。

「何もしてないし何もしない、だっけ。今のでここにやってくる人たちは、服がはだけた未成年な私とチンピラ。どっちの言葉を信じると思う？」

私の鼓膜は破れていなかった。

背の高い男は、顔つきを豹変させて彼女に凄む。

「おい、調子に乗ってんじゃねぇぞ！　そんな嘘が――」

言い終わらぬうちに、少女は取り出した携帯電話をこちらに向けて撮影した。

「いつまで腕、摑んでんの？　未成年者略取、および強制わいせつ未遂の証拠なら撮れたけど？」

坊主頭がさっと私から手を放すがもう遅かった。

悲壮な顔で腕を坊主頭に摑まれている私の写真が撮れたに違いない。

「言っとくけど、私だって、揉め事を大きくするつもりはないの。警察なんて面倒なだけだし。なかったことにするなら、撮った写真も消して見逃してあげる。ねぇ――」

長髪の少女はえくぼを浮かべて告げる。

「〝さっさとどこかへ失せないと、その生意気な態度を後悔することになるぞ〟」

終始、彼女の独壇場だった。そのうちに先ほどの悲鳴を聞きつけたらしい人々がやってきて、遠巻きにこちらの様子を窺い始めた。

「ちっ……おい、行くぞ」

背の高い男が苦虫を嚙み潰したような顔になり、坊主頭はずっと握りしめていた潰れたプラスチックカップを道に投げ捨てる。二人は彼女を睨みつけながら去って行った。

「怖かったよね。大丈夫？」

近寄ってきた長髪の少女が、打って変わった優しい声でそう話しかけてくる。

私は胸に手を当て、はぁと大きく溜息を吐く。

めちゃくちゃ怖かった。

「……助けて頂いて、ありがとうございます」

「ごめんね。人を呼んでくれれば済む話だったんだけど、やられっぱなしだと、思い返す度に嫌な気分になるじゃん。私にもおんなじような経験あってさ。いまだに腹立ってんのよね。だから、一発やり返したぞって記憶にしたくて」

私は彼女の顔をまじまじと見つめる。

「……えっ、何、なんか、私の顔についてる？」

たじろぐ長髪の少女に、私は首を横に振る。

「あの……私――」

さっきよりも心臓がドキドキと高鳴っていた。

「私、あなたの、ファンです」

「は？」

真っ直ぐなストレートヘアー、その背にあるギターケース。

その長髪の少女は、私が捜していた動画の彼女だった。

その後、彼女が路上ライブをするというので、私は歌を聴かせてもらった。

「許可とってないから、数曲歌ったら逃げるよ」

彼女はこの辺りと決めて歌っているわけではないそうだ。色んなところを歩いて回り、自分の気に入った雰囲気の場所が見つかったら歌う。そんな日々を毎日繰り返しているらしい。私は彼女の隣に座って、特等席で歌を聴いた。

やはり彼女の歌は素晴らしい。

「私、今度、プロデビューするんだ」

彼女はえくぼを浮かばせる。

「ねね、今日の稼ぎで、パフェでも食べにいこっか」

ギターケースの中には、それなりにお金が入っている。

父がくれたハチドリのギターピックは私に出会いを運んできた。

けれど、私の心臓が早鐘を打っているのは――

彼女の顔に死の予兆が現れていたからだ。

そのようにして、私と有瀬《ありせ》奏音《かのん》は出会った。

※

「なるほど。その人に死線が見えたんだな」

「シセン？」

遠見志緒は首を傾げる。

「視線を合わせると、これから死ぬ人に見える黒い線だから、死線」

「……死線。確かに、そうですね」

彼女の暗い表情から、かなり気落ちしているのが見て取れる。

話しているときも、視線はずっと下を向いていた。

僕たちがいるのは花見やバーベキューもできる大きな公園だ。施設の傍の東屋、テーブルの一つに向き合って座っていた。

周囲はライトアップされていて、十分に明るい。

桜はとっくに散ってしまっていたし、バーベキューにはまだ早く、他に常駐している人の姿は見当たらない。けれど、ジョギングや犬の散歩、駅から帰宅する人たちの通りは頻繁にある。シーズン中であれば、結構な人で賑わう場所だった。

「それで、君は有瀬さんの死線を消そうとしたってこと？」

「……はい。でも、奏音に死線が現れたのは、私がまだ中学生のときなので、半年くらい前です。その頃の私は、運命は絶対に変えられないと諦めていたので、何もしませんでした。何とかしてみようと思ったのは、佐藤さんと出会ってからです」

僕と遠見志緒が出会ったのは、先週の金曜日。土日を挟んで今日は月曜日である。その出会いをきっかけに、彼女は受け入れていた死の運命にもう一度抗おうとした。

僕の言葉が彼女に届いたことは、素直に嬉しい。

それが逆効果だったと言われた状況にあることは、ひとまずおいといて。

「死線が現れたらすぐに死んでしまう、とかじゃないんだな。半年って結構、長期間に思えるけど」

「人によって現れ方が違うんです。見つけたとき、黒い線が一本だけの人もいれば、すでに幾つもの線が黒い帯みたいになって顔を覆っている人や、いきなり頭全部が黒く塗り潰されている人もいます。後者ほど死が近いというだけで、死線が増えるスピードも速かったり遅かったり、常に一定だというわけでもありません」

「その人の運命次第ってことか。じゃあ、死への運命の進行状況を把握できるように、死線の状況を定義しておこうか。レベル1、黒い線が一本の初期状態。レベル2、複数の黒い帯が顔を覆っている状態。レベル3、頭全体が塗り潰されたモザイク状態。死線が増えるとレベルアップする」

僕は順に指を立てた。

「有瀬さんの場合は、レベル1で始まって、スピードはかなりゆっくりだった。そういうことでいい？」

「はい」

「君が先週、有瀬さんに会ったときのレベルはどうだった？」

「そのときには2になっていました。私、高校受験で忙しくて、直接は会えなかったんですけど、連絡はとっていたんです。返信が帰ってくる度に、ああ良かったって思ってて。でも、死の予兆が半年もかけてゆっくり増えていくなんて初めてでした。長くても一ヵ月、早いとその日のうちに……そんなに長期だったのは経験がなくて」

彼女が何もしなかった半年で、奏音の死線は着実に増えていったが、死を決定づける何かは起きなかった。それが通常とは違って、かなり長期だったことには何か意味があるのだろうか。

そこで僕は言葉を躊躇《ためら》う。

けれど、これは確認しておかなければならない。

「でも、有瀬さんを救うことはできなかった？」

「私には救えませんでした」

彼女ははっきりとそう答えた。

「奏音の死線は、真相を知れば死に至るものだったから」

悲しげに睫毛を伏せている彼女は、どこまでも深く沈んでいきそうだ。

「私のせいで、彼女の死は決定づけられたんです」

そして、彼女は続きを語る。

2

秀桜高校の屋上で出会った彼の言葉を信じてみようと思ったのは、その言動が私の親しい幼馴染のチホ――武東一歩《むとういちほ》に似ている気がしたからだ。

同じ高校に通っているくらいしか接点はないだろうし、見た目も全然違うのに、私は彼にチホの面影を重ねてしまった。今はもうこの世にはいないチホが彼の口を借りて私に思いを伝えてきた、不思議にもそんなふうに感じたのだ。

きっかけとしては、何でもよかったのかもしれない。私は避けられない死の運命に絶望することに疲れ果てていたし、失ったものを想ってめそめそと泣き続けることにもとっくに飽きていた。

本当に死の運命は回避できないのか。

死の予兆が現れたチホを救うことは絶対に不可能だったのか。

チホを失い、取り返しがつかなくなった今になって、私は確かめてみたくなったのだ。

私はすぐに有瀬奏音に連絡して会う約束を取り付けた。

彼女に死の予兆を見たのは半年前。そのとき奏音はD島高校の生徒だったが、今は卒業してアルバイトをしながら暮らしていた。

「久しぶり。あれから半年も経ってるんだね。でも、私は、あっという間だったなぁ」

以前一緒にパフェを食べた喫茶店で待ち合わせた奏音の真っ直ぐなストレートヘアーには、お洒落な青メッシュが入っていた。その声は元気そうだったが、彼女がどんな表情で話しているのかはよくわからない。なぜなら、彼女の顔の上半分は、複数の黒い帯で覆われていて、かろうじて口元が見える程度だったからだ。死の予兆の進行をまざまざと思い知った私はぎゅっと心臓を掴まれた心地になる。

相手の表情がわからないのは、すごく困ることだ。

死の予兆が現れている人と対峙する度に私はそう思う。

声だけという点では電話と変わりないのだけれど、対面だとこちらも表情のリアクションを求められるからだ。私たちは自分が思うよりも多くの情報を相手の表情から読み取っている。無意識にそれをもとにして、相手に合わせた表情を作ってコミュニケーションをとるのだ。相手の顔を見ることなく話すと、どんな顔をすればいいのかわからない、という状況によく陥ってしまう。声は元気でも悲しい顔をした相手に、向日葵《ひまわり》が咲いたような笑顔を向けてはいけない。

「私に何か話したいことがあるって？」

促されて自分がずっと黙っていたことに気づいた。

「……あ、ごめん。久しぶりだから、なんだか緊張しちゃって」

私は基本的に誰にたいしても〝ですます口調〟なのだけれど、奏音には早々に「ためロで話してもらえないと友だちになれない」と言われ、矯正されていた。

「あはは。私に緊張するなんて、変なの」

死の予兆を消すにはどうすればよいか。

色々考えたのだけれど、私が考えついた方法はたった一つだけである。

「実は、私、生まれつき、変な能力があって……人が死ぬのがわかるの」

素直に打ち明けること。

死の予兆が回避不可能な運命だと知りながら私がそれを告げたのは、記憶している中では一度きり、幼馴染のチホにだけだ。それは本人が知ることを望んでいたので、死の宣告になると覚悟した上で告げた。けれど、今回は違う。死の運命を回避するため、死に至る理由を探るために、事実を告げることにしたのだ。

「……えっと？　冗談じゃなくて、本気で言ってる？」

顔が見えなくても、奏音が戸惑っているのがわかる。

「本気だよ。信じられないと思うけれど、真面目に話を聞いて欲しいの」

「わかった。いいよ。話を聞く」

あっさりと了承してもらえたが、信じているかどうかは別の話である。信用はこれから得なくてはならない。私は自分の能力と、半年前、奏音の顔に死の予兆を見たことを、できるだけ真摯に話した。

「……死の予兆かぁ。志緒には私の顔がどんなふうに見えてるの？　テレビでよくあるプライバシー保護のための黒い目線が入ってる、みたいな？」

「出会ったときはそうだったけど、今は黒い帯がたくさん顔を覆ってるように見えてる。だから今、奏音がどんな表情をしてるかはわからない」

「えっ、そうなんだ……それで今日、よく私だってわかったね」

「声は聞こえるし、そのスタジアムジャンパーで判断できるから」

私は彼女の服を指さした。

「そっか。これ、私の一張羅だからね」

半年前にからんできた坊主頭と同じ表現をして、奏音はふっと笑みを浮かべる。

それで私も肩の力が少し抜けて、微笑みを返せた。

不可避の死の運命だと説明したにもかかわらず、彼女に余裕が窺えるのは、全く実感がないせいだろう。けれど、ひとまずは話を聞いてもらえたし、真面目に取り合ってくれている。無下にあしらわれるのではないかと、私はこの一歩を踏み出すのが怖かったのだ。

「それで、奏音。あなたに死の予兆が現れてる理由に、何か心当たりがある？　誰かから恨みをかっているとか」

私をチンピラから助けてくれたように、奏音は己の心が赴くまま、厄介ごとにも平気で首をつっこむタイプに思える。それは彼女の美徳ではあるが、裏を返せば敵を作りやすい性格だとも言えるだろう。

奏音は腕組みをして、うーんと唸った。

「……正直ね、志緒の話を聞いてびっくりした。こんなタイミングで、そんなことを言われるなんて」

「こんなタイミングって、どういうこと？」

奏音はスタジアムジャンパーのポケットに手を突っ込むと、そこから取り出した何かをゴトンとテーブルに置いた。

「私は人を殺そうと考えてた」

テーブルに置かれたのは、折り畳みナイフ。

思いもよらない言動に私の心臓はびっくりして飛び跳ねた。

表情が窺えないので奏音がどれくらいの真剣さでそれを言っているのかわからない。真剣なのであれば、このような場所であっさりと白状するようなことではないはずだ。けれど、彼女の声のトーンは落ち着いていて、冗談を言っているようには聞こえない。

「私には親友だと思ってた五人の仲間がいたの。みんな同い年で同じD島出身だよ。でも、半年前、そのうちの一人、石坂鉄太《いしざかてった》が暴力事件を起こしたんだ。被害者は仲間の一人で藤《ふじ》野《の》白雪《しらゆき》。その事件で意識不明の重体になった。今も入院していて、意識はずっと戻ってない」

「それって私と出会う前に起きた事件？」

「ううん。出会った後に起きた事件。志緒が見た動画あるじゃん。私が路上で歌ってるやつ。あれは白雪が撮ってアップしたものなの」

そのとき、私は点と点が線で繋がったような感覚を得た。

白雪が動画をアップして、それを見た私が奏音を知り、父の宗一郎からハチドリのギターピックを与えられて、私たちは出会った。

父にはその人が必要とするものがわかる不思議な力がある。秀桜高校の屋上で佐藤くんと出会い、死の運命に抗うことを決意した私が必要とするものとは何か。

父から私に贈られたのは、ハチドリのギターピック。

それが奏音と私を結び付けた。

死の運命を回避したい私と、死の運命が現れた奏音。

奏音の死の運命を回避するために、私が彼女と結び付いたのだとしたら。

この出会いに意味があるのなら、死の運命は回避できるのかもしれない。

運命の歯車が噛み合ったような気配、そして、淡い期待に私は思わず身震いした。

「私は鉄太が赦せない。殺したいほど憎んでる」

奏音は忌々しげに唇を歪ませる。

人に死の予兆を見てきた私は、殺すなんて言葉を耳にするのも口にするのも嫌だ。

誰もが簡単に口にするが、軽々しく使ってはいけない言葉だと思う。けれど、たとえ言ったとしても実行にまで移す人はそういない。この世から消し去りたいほど嫌いである、という気持ちを表現しているだけだからだ。奏音はどうなのだろう。彼女との付き合いはまだ浅いが、殺すなんて言葉は、冗談でも口にしない人だと私は思っていた。

「鉄太は捕まって少年院に入ったんだけど、つい最近出所した。半年も入ってなかったんだ。早いよね。白雪はまだ眠ったままなのに」

少年院に入ることは相当重大な処置に思える。一人の人間の生命を危機に陥らせたことにたいして、適当な処罰だったかどうかは私には判断がつかないけれど。

「どうして鉄太さんは、そんなことをしたの？」

私が気になるのは動機だ。

「それは……」

奏音は言い淀む。

「わからない。だけど、鉄太は自分がやったって言ってる」

「理由も言わずに？」

「警察にも言わなかったって。なぜ、鉄太が白雪を殴ったのか、誰にもわからないの。私にも仲間たちにも」

妙な話だ。事件を起こした動機を本人が語らず、周囲にもわからない。

動機が存在しないなんてことはないのに。

「その仲間たちっていうのは、さっき奏音が言っていた親友の？」

「そう。D島が人工島なのは知ってるよね？　世界初の埋め立て地、D島大橋とトンネルで本島と繋がるウォーターフロント都市D島。私が生まれたくらいに第二期の開発があって、大規模な移住があったの。D島で生活している人たちは、ほとんどがそのタイミングで引っ越してきた人たち。だから、D島小学校、中学校、高校とほぼ同じ面子《めんつ》なんだ。今はいろんな大学のキャンパスが幾つも出来てるから、下手したら大学も一緒なくらい」

私はD島に足を踏み入れたことはないが、総合病院や世界最大規模のスーパーコンピュータ開発施設があることは知っていた。

奏音は指折り数える。

「石坂鉄太、藤野白雪、雨宮直哉《あまみやなおや》、新居楓子《あらいふうこ》、松下礼伊《まつしたれい》、そして、私。この六人は、両親がみんなD島の開発に何らかの形で携わっていて、マンションのご近所同士、幼い頃からの家族ぐるみの付き合いだった。みんな幼稚園から一緒で、喧嘩もよくしたけど、何をするにしてもこの六人だったから、まるで兄妹みたいに育った」

その口調が少しだけ柔らかく変化した。

「だけど、鉄太はそんな関係を壊した。D島高校の部室で、白雪の後頭部を石仏《せきぶつ》で殴ったの」

「セキブツ？」

「二十センチくらいの石の仏像だよ。私たちは民俗学研究部っていうのに所属してて、石仏は部室に置いてあったんだ。卒業した先輩が石を彫って作ったらしくて、いわゆる〝鈍器のようなもの〟って言えばいいのかな。鉄太に石仏で殴られた白雪は、打ち所が悪くてそのまま意識を取り戻さなかった」

民俗学研究部。正直、意外だった。奏音のイメージと違う。

「本当に鉄太さんがやったってことで間違いないの？」

「事件現場にいたのが鉄太だけだったから。本人がやったって認めたし、凶器もそこにあった。鉄太はそのまま、やってきた警察に捕まった。鉄太って根は悪いやつじゃないんだけど、普段から素行が悪かったから、警察は疑わなかったみたい」

本人の自供があるのだから疑う余地もない、という判断なのだろう。

奏音はテーブルの折り畳みナイフを手に取った。

「それで、倒れた白雪の傍にこのナイフが落ちてたの。他の誰の物でもないから、白雪が持ってたものだろうって」

「護身用……じゃないよね」

その折り畳みナイフは片手で持てるサイズだったが、かなり重厚な造りに見える。

「そうね。身を守るためなら、もっと使いやすい防犯グッズがあるし。護身用としては行き過ぎてる。私が思うに、白雪はこのナイフで鉄太を刺そうとしたんじゃないかって」

「どうして？　白雪さんには鉄太さんを刺すような理由があったの？」

奏音は首を横に振る。

「ない。少なくとも私は知らない。だけど、私なりに考えてみたんだ。いくらなんでも、私の知ってる鉄太は、女子の背後から鈍器で殴りかかるような奴じゃない。どんな理由があっても、そんなことはしない。ただ、誰かにいきなりナイフで襲われて反撃のために手近にあった石仏を掴んで殴った、ってことならわかる。キレやすいから。反撃してから、襲ってきたのが白雪だとわかった。それなら事件が起きた理由に説明がつくかなって」

彼女が思い悩んでいるのは、この事件における動機が全く不明だからだろう。

私も同じようにそこが引っかかっている。

「もし、そうだったとしても――」

奏音は折り畳みナイフをぎゅっと握った。

「鉄太が白雪を殴ったって事実は変わらない。そんな鉄太を私は絶対に赦せない。よりにもよって、どうして白雪を――病院で眠り続けてる白雪を見る度に思うんだ。絶対に赦しちゃいけないんだって。このまま白雪が目を覚まさなかったら、私は……」

彼女が殺人を真剣に考えているのは確かなのだろう。

仲間に裏切られた報復、そして、仲間のための復讐。

けれど、当然のことながら、自身のモラルとの葛藤と、それを実行する根拠の乏しさゆえに迷いがある。鉄太が白雪を殴った理由も、白雪が鉄太をナイフで刺そうとした理由も明らかではないからだ。

「学校では、白雪のこと、童話の白雪姫になぞらえて、毒林檎を食べさせられたから目が覚めないんだなんて、くだらない噂を真に受けてる奴らもいてさ。ほんと、馬鹿にしてる。何もかも全部、鉄太が悪い」

話を聞いていて私はふと思う。

「奏音はもしかして、自分も白雪さんと同じ目にあうんじゃないかって思ってる？　鉄太さんをそのナイフで刺そうとして、同じように返り討ちにあうのかもしれないって」

奏音は少し黙ったあと、折り畳みナイフをポケットに戻した。

「私が死ぬって聞いて、パッと思いついたのがそれだった」

どうやら彼女なりに自分が死ぬ理由を考えてくれていたようだ。

「ねぇ、奏音。鉄太さんとちゃんと話してみたらどうかな？　一人で考え続けても答えは見つからないと思う」

鉄太が白雪を殴った理由が明らかになれば、そこに情状酌量の余地があるかもしれない。

奏音が考えるように、鉄太を殺そうとして返り討ちにあって死ぬのであれば、それさえ実行しなければ、死の運命から逃れられるはずだ。

「……そうね」

肘をついた手に顎を乗せて、奏音は考えている。

「まぁ、少年院を出所した鉄太から連絡があったんだよ。話したいことがあるって。でも、会ったら私、絶対に冷静じゃいられないなって思って返事しなかった。どうすればいいのか、態度も決まんなかったし。やっぱ、会って話すしかないのかな」

「鉄太さんと話し合うなら、私も一緒に行きたい。私は、運命は変えられるんじゃないかって今は思ってる。人の意志や行動で、死の運命を回避できるってことを証明したい。だから――」

私は奏音の前に手を出した。

「そのナイフは、私が預かってもいい？」

少し間があって、小さく頷いた奏音は私の掌の上に、折り畳みナイフを取り出して置いた。それは私が思うよりも、ずしりと重かった。

「私が殺人を決意したときには返してね」

奏音は冗談めかして、そう言った。

絶対にとは言えないが、奏音がこの先、殺人を実行することはないように思う。

それを思い留まりたくて、私に打ち明けたに違いなかったからだ。

けれど、当然のように、奏音から死の予兆は消えなかった。

※

「復讐を思い留まっても有瀬さんの死線は消えなかった」

僕は腕組みをして考える。

「彼女が死に至る要因の一つとして存在しうる〝有瀬さんが殺人を実行しようとして返り討ちにあって死亡する〟未来は、遠見さんの介入によって回避できた。だけど、運命は変わらなかった」

「はい。あのときに奏音が鉄太さんの殺害を諦めたことは間違いないです」

遠見志緒は睫毛を伏せたまま答える。

「けれど、そんな未来があったのかどうかさえ定かじゃなくて……もしかしたら、未来の結末として〝死〟が確定していることを運命と呼ぶのかもしれません。そこに至る過程がどうであれ、結末は変わらないのだという」

　今まで一度も死の運命を変えられなかった彼女がそう考えるのも無理はない。

　計算式の解答は〝死〟で確定しており、途中の計算をあれこれ変えても、自ずと解答が成立する形に導かれる、という思考だろうか。一方で、計算を変えれば解答は変わるだろう、というのが僕の思考だ。

　両者の違いは経験の差からうまれている。

　彼女はすでに運命を変えようとして、何度もその巨大な壁にぶつかってきた。

　そして、運命が変わらないことを身をもって知っている。

　僕はまだその壁すら見ていない。

　あらためて運命という、不確かなのに絶対である、なんて存在の厄介さを実感する。

　一つ一つ潰していったところで、可能性は無限にある上に、どう足掻《あが》いても運命の力が働いて強制的に定められた結末に収束するのであれば、抗いようがない。

「君が見てるのは、本当に死の運命なんだろうか」

「……え？」

「君は最初、死線のことを〝死の予兆〟って表現してた。死の運命じゃなくて。なぜなら、感覚的に運命だと感じなかったからだろ？　運命じゃないから、変えられると思った。だから何度も抗った」

　思わず、といった様子で、遠見志緒が僕の目を見た。

「確かに運命は不変なのかもしれない。だけど、君が見てるそれが運命だとは限らない。変えられないから運命だと受け入れてるだけで、本当は変えられるんだけど、変わりにくいだけかもしれない」

「……佐藤さんって、どうしてそんなに楽観的なんですか？」

　拗ねる子どもみたいに、彼女は少しだけ唇を尖らせる。

「夢や理想のない未来に希望はないんだよ。誰も信じなければ、そんな可能性は皆無だ」

　これは僕の親友の言葉。

　僕は計算式の解答が〝死〟で確定したとしても、そのイコールに斜線を入れて、ノットイコールに変えられるのが、彼女の能力だと信じている。

「あとさ、その佐藤さんっていうのと、ですます口調やめてくれないかな。ため口で話してもらえないと友だちになれない。そうだよね？」

　これは君の友だち、有瀬奏音の言葉。

「……じゃあ、私のことも志緒と呼んで。佐藤くん」

志緒は溜息を吐く。

「でも、この先の話を聞けば佐藤くんも楽観的でいられなくなると思う」

さて、どうだろうか。

まずは運命の壁にぶちあたってみないとわからない。

「ところで」

僕は仕切り直す。

「そろそろ、お弁当食べない？　めちゃくちゃウマい弁当なんだ。ローストした馬肉の、ウマウマ弁当っていう」

はからずしも、僕の人生史上、一番滑った発言になった。

ネーミングセンスのない、あの店長を恨む。

3

奏音には次の日の日曜日、早速、石坂鉄太と会う算段をつけてもらった。待ち合わせ場所はD島海浜《かいひん》公園。鉄太からの指定だそうで、そこは奏音たちがよく遊んだ思い出の場所らしい。奏音は高校卒業を契機にD島を出て、本土の方で一人暮らしを始めたが、鉄太は高校在学中に少年院に入所したので、今は留年して実家からD島高校に通っているそうだ。

奏音の仲間でD島を出たのは、雨宮直哉と松下礼伊。直哉は就職し、礼伊は本土の私立大学に進学した。新居楓子はD島にある私立大学に進学して実家から通っている。藤野白雪はD島総合病院に入院中だ。

卒業後、まだ誰とも会ってはいないが、連絡は全員ととれると奏音は言った。

海に浮かんだ人工島のD島への交通手段は主にモノレールである。D島大橋をタクシーやバスで渡る方法もあるが、本土から数十分程度の距離であり、モノレールなら本数も多いので便利だった。

D島海浜公園前駅で降りて、初めてその人工島に足を踏み入れた私は、緑が多く広々としている場所だとの雑感を抱いた。周囲にある建物の背が高くない上に数が少なく、視界が開けて見えるせいだろう。鼻から息を吸い込むと、潮の香りがした。

「人の姿もないし、何にもないトコでしょ？」

隣を歩く奏音は、そうは言いながらも、懐かしそうな口ぶりである。

午前中で天気も良く、公園では親子連れの姿をちらほらと見かけた。

埋め立て地という言葉から、私は勝手にも灰色のコンクリートな地面のイメージを持っていたが、全くそんなことはなかった。当然、土砂で埋め立てているので地面は土である。方々に芝生が敷き詰められ、至るところに街路樹が植わっていた。

「綺麗で住みやすそうなところだね」

都会のような人口密集地で暮らすより、こちらの方が伸び伸びと暮らせる気がした。車を走らせれば数十分で市街にも行けるし、学校施設も整っている。どこも道幅は広くて見通しが良いため、交通事故も少なそうだ。子育てに適した環境に思える。

「まぁ、綺麗なところばかりじゃないけどね。人工島って理想を押し付けちゃうところあるじゃん？」

「……確かに、ゼロから作るものだから、道路は混まないように広くしようとか、緑でいっぱいにしようとか、いろんな理想を詰め込んでる感じはする」

現にここはそれが実現されているように思えた。

「ねぇ、志緒は夢の島って知ってる？」

「詳しくは知らないけど、名前だけは知ってるよ。小さい頃に夢の島って聞いて、お菓子でいっぱいの国なのかな、って思ったことがある」

奏音は笑みを浮かべる。

「名前からだとそんなふうに思えるよね。そこは戦前、飛行場として使うための埋立地だったんだって。やがて終戦後に海水浴場になると、人で賑わって遊園地とか計画されて、みんなが〝夢の島〟って呼びだした。それで、正式に名称を夢の島に決定。そこはみんなが幸せになるような楽しい場所になるはずだった」

どことなく浮ついた時代背景を感じた。

「でも、高度経済成長のゴミ急増で結局、ゴミを埋め立てる最終処分場になったんだって。そしたら、そのゴミで大量に発生したハエが、沿岸部を襲って町をハエだらけにした。それから、人々は夢の島を〝ゴミの島〟って呼ぶようになった。昔、白雪から聞いたんだけどさ、なんかものすごく皮肉な話だよねって」

「ここにもゴミを埋め立ててるってこと?」

「ううん。そうじゃないよ。そのうちわかる」

彼女の含みのある言葉を気にしながら歩いていると、コンクリートブロックで囲われた一画を見つけた。

大きな看板がたてられていて、お腹が大きなピンク色の象のマスコットキャラが描かれている。そこには〝ゴミはきちんと分別してゴミ捨て場へ! あなたのきもち一つできれいな街づくり〟との標語があり、ピンクの象は長い鼻で空き缶を握りつぶしていた。

ゴミステーションのようだが、まさかこれは先ほどの話とは関係あるまい。

コンクリートブロックにはインクの薄れた手書き文字で張り紙がしてある。何が書かれているのかと思ったら〝地面掘り返し厳禁〟だった。意味が分からない。ここに誰かが穴を掘ってゴミを埋めているとでもいうのだろうか。

私は気になったが、奏音はゴミステーションを一瞥しただけで何も言わなかった。

そうしているうちに、ふいに彼女が指をさす。

「あの辺りには近寄っちゃいけない感じ」

そこはモノレール高架下の水路である。

その暗がりに、ブルーシートが幾つも張られていた。

「いつも撤去されるんだけど、すぐにまた出来るんだ」

路上生活者たちのテントだろうか。もしそうなのであれば意外に思う。広々として住みやすそうなこの人工島も、彼らにとっては住みにくそうだからだ。廃棄された食べ物などは、コンビニや飲食店が多く密集している市街の方がありそうである。実情を知らない私の勝手な想像でしかないけれど。

「パパから聞いたんだけど、あそこにいる人たちは住みついてるわけじゃなくて、お金を稼ぎに来てる人たちらしいよ。生活に苦しい人たちなのは違わないんだろうけど」

「どういうこと？」

「第二期の開発で医療施設がたくさんできたD島は、国内でも屈指の医療特区になったんだって。それで、ここには色んな病気の人たちがたくさん来るようになった。その結果、そんな人たちが自分たちで薬のやりとりを始めたわけ」

奏音の言わんとしていることがよくわからない。

「つまりね、望んだ薬を手に入れられなかった人や、理由があって病院には行けないような人たちに、自分に処方された薬をあそこで売ってるんだよ。いらなくなった薬とか、医療費免除で手に入れた薬とかを集めてね。D島にはああいう簡易の拠点が幾つかあって、そこでこっそり売買してるらしいんだ」

「それって犯罪だよね？」

「もちろん、そうだよ。でも、あくまでも噂だから。私、利用したことないし。ただ、ときどきそれっぽい人がいるのは見るけど」

D島に医療施設を増やそうと計画したときには、そのような事態を招くなんて誰も想定しなかったのだろう。でも、突拍子もない事態というよりは、ありえる話に思えた。

眩い理想の実現にも影がつきまとう。先ほどまでは何でもなかったモノレール高架下の暗がりが急に忌まわしい場所に思えた。

「直哉もそんな顔してた。あいつは医者を目指してたから、そういうの赦せないらしくて。その場にいた白雪は〝残った薬って捨てるだけだし、再利用してもいいかもね〟とか言って、直哉に〝薬は最後まで飲みきるもんだ〟って叱られてたけど」

これ以上は見なくていいとでも言いたげに、奏音は私の腕を摑んで引き寄せた。

待ち合わせの場所は、堤防がある海沿いのブロンズ像前だった。

一直線にパームツリーが並び、遠くの海には巨大なコンテナ船や客船の姿がある。

堤防ではぽつぽつと釣り人の姿を見かけたが、魚がたくさん釣れている気配はない。のんびり魚釣りを楽しんでいるようだ。周囲にある建物はどれも真っ白で南国感があった。

「ここがカモメ像前ね」

立ち止まって時間を確認する奏音の横で、私はそのブロンズ像を見上げる。大豆の中から骨が二本飛び出したような、奇妙な物体がそこにあった。

カモメとは何か。考えることがきっと芸術なのだ。

しばらく待っていると、道の向こうから誰かがサンダルでやってきた。

「よぉ、奏音、おひさ」

短髪のつんつんヘアーにグレーのパーカー。ハーフパンツのポケットに両手を突っ込んで、ヤンチャそうな笑みを浮かべている。

「……久しぶり」

奏音が曇った顔で返す。

「で、誰、お前？」

すぐにその人物の注意が私に向けられる。

不躾に頭のてっぺんからつま先まで、ジロジロと見る彼の目が、こちらを咎めているように感じられて、私は思わず一歩後ずさってしまった。

「私の友だち、ついてきてもらった。あんたみたいな危険人物と会うのに、一人じゃ心許ないでしょ」

「……ダチか、ふーん」

こちらを値踏みするような視線はそのままである。

彼が石坂鉄太で間違いないだろう。

奏音は〝根は悪いやつじゃないんだけど、普段から素行が悪かった〟と評していたが、なんとなく理解できる。言葉遣いや態度が威圧的で警戒心が強い。しぐさが古い映画に出てくるリーゼントの不良少年っぽいのだ。

「俺さ、奏音に話あるんだけど、席外してくんね？」

眉を顰《ひそ》めて鉄太が私に言う。

「いいの。彼女に聞かせられないような話なら、私は聞かないから」

私を背に隠すようにして奏音が間に割って入る。

「あ、そう。ま、いいけど」

「それで私に話したいことって何？」

「ああ、話ね――」

彼女の態度はとげとげしいが、鉄太は気にならないようだ。

「奏音はさ、白雪が毒林檎を食べて眠り続けてるって噂、知ってるか？」

「……は？　バカにしてる？　そんなわけないの、あんたが一番知ってるでしょ！」

奏音は食って掛かった。

「いや、俺が聞きたいのはその毒林檎について、何か知ってるかってことだ」

「ふざけんな。おとぎ話じゃあるまいし、毒林檎なんかあるわけないじゃん。白雪は、あんたが、殴って――」

私は激昂して鉄太につかみかかろうとした彼女の腕を掴んで「奏音、落ち着いて」と引き留める。奏音はそれで思い留まるも、鼻息荒く、肩で呼吸していた。彼女にとっては、よほど腹に据えかねる言動だったらしい。

「……その感じだと知らないみたいだな」

「何が？　何の話？　毒林檎って何？　意味わかんない」

「いや、いいわ。わざわざ呼び出して悪かった。俺の話は終《しま》いだ」

そこで話を打ち切るように鉄太は踵を返して、去ろうとする。

「ちょっと待って！　あんたの話は終わりかもしんないけど、私の話が終わってない」

「ん。話？　何だよ？」

「なんで、白雪にあんなことしたの？」

「なんでって、なぁ……」

鉄太はただ、ばつの悪そうな顔をしている。

「白雪が今どんな状態になってるのかは知ってんのよね？　お見舞いには行った？　こっちに戻ってきてからそれくらいの時間はあったでしょ」

「いやそれは……できねぇだろ。俺が病室に入れるわけねぇじゃん。白雪のおじさんが許してくれねぇよ」

「私だって、赦さない」

奏音は先ほどの激昂を引きずっているようで、明らかに平静さを欠いていた。

「でも、どうしてあんなことになったのか、あんたの口から聞きたい。どんな理由があっても絶対に赦さないけど、聞いてあげてもいい」

「相変わらず無茶苦茶だな」

やれやれといった顔で鉄太は苦笑する。

けれど、その眼差しはどこか懐かしんでいるようでもあった。

「奏音さ、厄介ごとに首つっこもうとしてる自覚ある？　これは知らんでいいことなんだ。聞いたってしんどくなるだけだぞ。納得できるような話じゃねぇから」

「私は納得なんて求めてない」

話し合いになったことで、どうにか奏音は落ち着きを取り戻したようだ。

「半年前にあんたが事件を起こした時点で、私はすでに厄介ごとに巻き込まれてんの。直哉や、楓子、礼伊もそう。みんな自分の身の振り方を考えなきゃいけなくなった。あんたが少年院に入って、はい終わりってわけにはいかないんだ。だから、あんたが白雪を殴った理由が明らかになるまで、私は絶対に引き下がらないから」

「……なるほど。そりゃそうか。覚悟決まってんな」

鉄太はなぜか少し嬉しそうだ。

「わかった。話してやるよ」

そのとき、私は思わず息を呑んだ。鉄太は急に身を竦《すく》ませた私を見たが、私が何も言わないので、視線を戻して話を続ける。

「俺にバイク仲間がいるのは知ってるだろ？」

「珍走団のね」

「ばっか。ちげぇわ。俺らが走ってんのは峠。街中じゃ静かにしてるだろ。人様に迷惑かけるために走ってんじゃねぇから。あんなんと一緒にすんなって」

「どうだか」

「まぁ、いいわ。俺のツレの話な、半年前に二人、結構大きな事故やったんだわ。立て続けに。かなりの大けがで、一人はまだリハビリしてるし、もう一人は片足が不自由になった」

それも珍走行為によるものではないかと揶揄《やゆ》できそうだったが、奏音は何も言わなかった。怪我人がいるので慮ったのだろう。

「事故原因なんだが、一人は直線道路で速度をめちゃくちゃ出して、ブレーキをかけずに前のトラックに突っ込んだ。もう一人は高速道路で前輪を浮かせるウィリー走行を試そうとして、ひっくり返って後続車に轢《ひ》かれた」

「どう考えても珍走じゃん」

私もそう思う。

「アホすぎだよな。俺も頭がどうかしてるって思うわ。でもな、俺の知ってる二人は、ふざけてもそんなことしねぇ。だから、なんでそんなことしたんだって二人を問い詰めたんだ。そしたら、口を揃えて、そのとき〝アップル〟やってたって」

「……アップル？」

「さっき俺が言った〝毒林檎〟のことだ。クスリだよ。世間では危険ドラッグだか、パーティドラッグって呼ばれてる。それやって走ったら、最高にハッピーな気持ちになって、自分が風になれるんだと。気持ちよくなりすぎて、事故のことあんまり憶えてないらしい。

怪我人だったけど速攻ボコッったわ。死ぬ前にバカ治せってな」

予想外の方向へと話が展開した。

「ちょっと待って、毒林檎って本当に……？　それが白雪とどう関係あるわけ？」

「まぁ、聞けよ。んで、調べたら、結構、みんな裏でクスリやってたんだわ。お前は知らんかっただろうけど、学校でもやってるやつがいた。あんとき、あちこちに蔓延してたんだ。ふざけんなって話だよ。誰がそんなもん流行らせたんだって、手当たり次第にボコってみたんだが出所がわかんねぇ。だけどな、ようやく売ってるやつにあたりがついた」

鉄太が静かに言う。

「白雪だよ。あいつがアップルを売ってた」

「は？　何言ってんの。そんなこと――」

「あるわけないって俺も思ったさ。白雪はそんなことしない。何かの間違いだろってな。でも、これは楓子から聞いた話だ。楓子がそんな嘘を吐くと思うか？」

驚き過ぎて奏音は何も言えないでいる。

楓子とは新居楓子のことだろう。奏音や鉄太の幼馴染の一人だ。

「あの日、俺はそれを白雪に確かめようとした。なんかで集まるって話だったから部室にいるだろうと思ってな。それで……ああいうことになったわけだ」

　鉄太は急に歯切れ悪くなって、耳の下あたりをボリボリと掻いている。

「ああいうことになったって……」

「ケンカだよ。俺がついカッとなった。ぶち切れちまった」

「あんたが白雪とケンカしたなんて、信じられないんだけど。それって白雪がクスリを売ってたのを認めたから？」

「それは、まぁ……そうなるか」

「どっちなのよ、白雪が認めたのね？」

「……白雪がクスリを売ってたのは事実だろう。それから、白雪が毒林檎を食べて眠り続けてるって噂な、あれはアップルのせいでそうなったって意味なら間違っちゃいねぇ。どうせ、白雪からクスリ買ってたやつが察して、言い広めたんだろうよ。火のない所に煙は立たんってやつだ。んで、俺が白雪を殴ったことも事実だ。そこに関しては弁解する気もねぇ」

　実行については認める鉄太が、犯行の状況をはぐらかすのはなぜだろう。

　事件が起こった経緯を私なりに推測するに、密かに危険ドラッグの売買に関わっていた白雪が鉄太にバレそうになり、ナイフで襲って口止めをしようとしたが返り討ちにあってしまった、ということでいいのだろうか。そうなのであれば、以前に聞いた奏音の推測である〝襲われた鉄太が反撃して白雪を殴ってしまった〟説が一応成立する。

「アップルのことは、俺は警察に何も言ってねぇ。痴話げんかで起きた事件ってことで話がついた。だから、白雪が捕まるなんてことにはならん。だが、アップルはいまだに使ってる奴がいる。当然、白雪にアップルをおろしてた大本の奴がいるからだろう。俺はそれが気に入らん。だから、白雪と一番仲が良かった奏音に探りを入れたってわけだ」

鉄太が噂話から入ったのは、それとなく探りを入れようとしたからだろう。運悪く奏音の逆鱗に触れてしまう結果にはなったが、それは白雪が危険ドラッグの売人であったことを知られないようにした彼なりの配慮に思えた。

「……いや、私は、知らない。本当に何も知らない」

鉄太の話を聞いた奏音には心境の変化があったようで、すっかり意気消沈してしまっている。

「たとえば白雪がどこかに何か隠してたとか、心当たりもないか？」

「……ごめん」

鉄太は最初現れたときのような、ヤンチャな笑みを浮かべる。

「わかった。じゃあ、話はこれで終いだ。あのさ。奏音。気になってたんだが、今日はギターどうしたよ？　どんなときでも持ってたろ」

「……だって、持ってくる必要ないじゃん」

そういえば昨日も彼女はギターを持っていなかった。

「そうか？　ここで歌うの好きだっただろ。俺はてっきり……まぁ、奏音は今も夢を叶えるために頑張ってるって母ちゃんから聞いたわ。ずっとだもんな。すげぇよ。俺には夢なんてねぇから、正直、羨ましいわ」

そのとき、なぜだか空気が変わった気がした。

私は思わず奏音の顔を窺う。

「そう？　夢なんて、叶わなければゴミになるだけじゃない」

彼女の顔は死の予兆で覆われていて、どんな表情をしているのかはわからない。けれど、その口元には笑みが浮かんでいた。

鉄太が立ち去った後、奏音が私に告げる。

「あいつ、嘘が吐けない性格でさ。嘘を吐こうとすると、身体が痒くなるの。本人は知らないんだけど」

彼女は自分の耳の下を指さす。

「白雪とケンカしたって認めるときさ、ここ掻いてたでしょ。たぶん、嘘吐いてる。つまり、それって――」

そこで奏音はしゃがみ込んで、髪をぐしゃぐしゃに掻いた。

「……あいつ、やってないかも。バカだから、誰かを庇ってるのかもしれない」

「誰かって？」

「仲間。それも、自分が留年して少年院に入ってもいいって思えるくらいの。そんなの、もう限られてんじゃん。私の幼馴染の誰かに決まってる」

雨宮直哉、松下礼伊、新居楓子、有瀬奏音、藤野白雪。

白雪は被害者だから、除外してもいいのだろうか。

いや、鉄太が危険ドラッグの売買に関わっていた白雪を犯罪者にしないために庇った可能性もある。つまり、被害者にすることで犯罪者にしないとか。さすがにそれは考え過ぎだろうか。

「奏音、落ち着いて聞いて欲しいんだけど」

私には彼女に言わなければならないことがあった。

「鉄太さんの顔に死の予兆が現れてる」

「……そう。あいつも死ぬんだ」

私と同じような顔を奏音にもさせてしまったことに胸が痛んだ。

※

「出会ったとき、石坂鉄太には死線が現れてなくて、それが現れたのは話の途中だった。そうだよね？」

まず僕が気になったのはそのことだった。

志緒は神妙な顔で頷く。

「……鉄太さんが奏音に話すと決めたとき、黒い一本の死線が現れたの。そんなふうに突然、目の前で誰かに死線が現れるなんてことは初めてだった」

「君が奏音さんにそれを言わなかったのは、彼女の言葉によって、石坂鉄太が死の運命にとらわれた可能性があったから。だから、何時《いつ》現れたかを明らかにしなかった。彼女の行動が彼を死なせる結末へと導いてしまったなんて重荷を背負わせたくなかったんだ」

僕の推理を肯定も否定もせずに、彼女は黙っていた。良かれと思ってした行動が裏目に出ることは当然ある。

　そんなとき、それでも進むべきか、退くべきか、正解は誰にもわからない。ただ、鉄太に死の予兆が現れてしまった以上、進むしかないのは確かだ。だから、志緒は奏音が進む道の邪魔にならないような言い方をしたのだろう。

　僕は目の前の少女がよく考えて行動していることに感心する。

　それは死線を消す目的達成のためには、最善の判断だと思う。

　僕だったら、うっかり打ち明けていたかもしれない。

「でも、それってつまり、自分の行動次第で運命が変化することの証明になるんじゃないか？」

「……ならないと思う。鉄太さんには死線が現れる運命で、たまたま、現れたのがそのタイミングだっただけかもしれないし」

　運命が不変か否かの判断材料の一つになるのではないかと思ったが、確かにその可能性は否定できなかった。手強いな、運命。

　運命のことは一旦考えないことにして、僕は事件のことを考えることにした。

　この事件には明らかになっていない謎が幾つかある。

　藤野白雪は危険ドラッグ〝アップル〟にどう関与していたのか。

　犯行を自供した鉄太は、本当に犯人なのか。

そうでないとき、誰が白雪を襲って意識不明の重体に陥らせたのか。

また、鉄太がその人物を庇う理由は何か。

そして、白雪の事件に幼馴染たちはどう関与しているのか。

「本当に白雪姫みたいだな」

僕がポツリと呟いた言葉に志緒は首を傾げる。

「本当にって？」

「アップルと呼ばれるクスリが原因で、眠り続けている藤野白雪。薬は薬でも、それは危険ドラッグという毒薬。つまり、アップルは毒林檎だ。そんな彼女を取り巻くのは、七人の小人ではなく、幼馴染である五人の容疑者たち。〝白雪姫と五人の容疑者〟。誰かが彼女を眠らせた。もちろん、白雪姫に毒林檎を与えた元凶の〝魔女〟もどこかにいる」

志緒は顎に手を当てて何やら考えていたが、やがて口を開いた。

「〝らんぼうもの〟石坂鉄太、〝うたじょうず〟有瀬奏音、〝まじめ〟雨宮直哉、〝なきむし〟新居楓子、〝おちょうしもの〟松下礼伊。そして〝眠り姫〟藤野白雪」

彼女なりに特徴を表現して名付けたらしい。

白雪姫に出てくる七人の小人にも、それぞれにそのような名前がついているのだ。

「もしかして、全員に会った？」

「奏音と一緒に会って全員から話を聞いた」

彼女の行動はやはり最善だ。

「じゃ、その話を聞かせて」

白雪姫を目覚めさせる白馬の王子様は誰なのか。

僕はわりと本気で、目の前で俯いている少女なのではないかと思っている。

4

奏音の幼馴染全員から話を聞くため、携帯電話のアプリで連絡をとってもらった。

雨宮直哉からはすぐに返信があり、これからD島まで来てくれるという。新居楓子はメッセージの既読確認が取れたが返信はなく、松下礼伊は未読のままだった。

「ねぇ、奏音、今から民俗学研究部の部室を見に行く時間ってある？」

直哉と落ち合うにしてもまだ時間がある。

事件現場を見ておいて損はないと私は思ったのだ。

「全然行けるよ。じゃあ、後輩につきあってもらえないか連絡してみる」

「それなら、さっき鉄太さんに頼めばよかったね」

「いや、あいつはない。一秒も学校に居たくないタイプだし。何かと目立つからトラブルの元になるよ」

奏音はそう苦笑して答えた。

彼女の後輩とも連絡が取れたので、私たちは徒歩でD島高校に向かう。

道幅の広い道路沿いを歩く。時折車が通るばかりで辺りは静かだった。周囲の建物は凝ったデザインのものが多く、建築家の遊び心満載という感じがする。ここにあるものにはどれにも〝新品の〟という言葉がくっついていそうだった。

その道すがら、奏音は私に事件当日の話を語り始める。

「あの日は土曜日で、私は家にいたんだ。でも、白雪は文化祭の作業で学校に来てたんだって」

「奏音も同じ部だったんでしょ？　一緒じゃなかったんだ？」

「私、そのとき色々あって……何から話せばいいかな。えっとね、うちの学校には必ず何かの部に所属していないといけないって決まりがあったんだけど、私は見学に行った軽音部が肌に合わなくてさ。他のどこの部にも興味ないし、部活動やりたくないなって思ってたの」

確かに奏音はバンドより、一人で歌っている方が性に合っていそうに思う。

「それを直哉に相談したら、だったら民俗学研究部に入るのはどうかって言われたの。今は三年生一人だけしか部員がいなくて、その先輩の卒業後は残ってる人たちだけで自由にやれるはずだから、白雪たちも誘って民俗学研究部を乗っ取ろうって」

「それで奏音は民俗学研究部だったんだね。イメージと違うなって思ってた」

「でしょ。なんかね、民俗学研究部の発足時は知識のある教師が指導してたから、結構ガチな活動で人気あったんだけど、その人が異動になった途端、廃れちゃったんだって。まぁ、名前からして地味で気難しそうだから、人は集まらなさそうよね。結局、私、鉄太、白雪が入部した。鉄太は教師とバトルしてでも部活動やらない意志を固めてたし、白雪は部活動にあてる時間を勉強に回したいって。もちろん、私たち以外に新入部員はいなかった。先輩もまさかこんなに新入部員が入って、部が存続することになろうとはって驚いてた」

「じゃあ、他の幼馴染は別の部活動だったのね？」

「礼伊は美人の先輩がいるからって美術部に。楓子はバドミントン部に入部したけど、三カ月くらいで退部して民俗学研究部に入り直した。運動部は大変だったみたい。私は最初のうちは顔出してたけど、出欠とるわけでもなかったから、放課後はギター抱えて色んなところに出掛けて歌うようになった」

「それもある意味、部活動だけどね」

「そう、ひとりぼっちのね」

彼女にえくぼが浮かぶ。

「でも、直哉と白雪は、真面目に民俗学研究に取り組んでた。直哉はもともとオカルトとか妖怪に興味があったらしくて、白雪は何でもそつなくこなせる優等生だから適当にやっても私の全力に匹敵するわけ。あの二人はD島高校のツートップな秀才だったしね。楓子は興味なさそうだったけど、文化祭で発表があるときは手伝ってた。私はたまに気が向いたときに遊びに行く感じ。鉄太は完全ノータッチ。趣味のバイク弄《いじ》りやってた」

仲の良い幼馴染だけの自由な部活動。話を聞く限りでは楽しそうだ。

「事件のときには、私たちは三年生だから部活動はとっくに引退してた。だけど、これから会う後輩のちーちゃん――佐々木千早《ささきちはや》って子が一人だけ入部しててさ。その子一人で文化祭の展示をするのは大変だからって、みんな手伝ってたんだ。白雪は焦って勉強する必要なかったし、直哉は進学じゃなかった。楓子は早々に推薦で私立大学に受かってたしね」

「直哉さんはどうして進学しなかったの？」

ふと気になったので聞いてみる。

「……直哉は、子どもの頃から医者になりたかったんだけど、高校上がったくらいかな。おじさんが事業に失敗しちゃって会社が倒産したんだ。その後すぐに、おばさんが身体を壊したの。それでお金がかかる医学部は断念しないといけなくなってさ。なんかの制度使えば進学は出来たんだろうけど、直哉は就職するって決めたんだ」

奏音の表情は窺えないが、顔を曇らせているのはその声色からわかった。それは直哉にとっても苦しい決断だったのだろう。

「ごめん。変なこと聞いた」

「別にいいよ。本人が決めたことだし。とにかく事件があった日は学校が休みで、お昼過ぎてから集まってちーちゃんの手伝いをすることになってた。面子はちーちゃん、直哉、白雪、楓子の四人。私も呼ばれてたんだけど、白雪とケンカしてたから行かなかった」

「ケンカって、どんな？」

奏音のことはもちろん信用しているが、死の予兆を消すためには、彼女が白雪との諍《いさか》いの末に事件に至った可能性も留意しておくべきだろう。

「まぁ……うん。ケンカの原因は私の進路のことでね。ほら、志緒と初めて会ったとき、私、プロデビューするって言ってたじゃない？　あれ、声かけてきた音楽プロデューサーの話をよく聞いたらさ、その――」

彼女はとても言いづらそうにしている。

「バーチャルシンガーとしてだったわけ」

「バーチャルシンガー？」

初めて聞く言葉に思わず聞き返してしまった。

「動画投稿サイトあるじゃん。あそこでね、3Dモデルのキャラクターを画面に表示させて、私がそれに声をあててライブ配信をするんだって。バーチャルシンガーってのは、ネットを舞台に活動する架空の歌手なの」

話を聞いてもさっぱりわからない世界で、私は啞然としてしまう。

「今はさ、無名の新人が音楽CDを発売してデビューするような時代じゃないんだって。アニメのキャラみたいなのに姿をかりて、人気の曲を歌った動画を投稿したり、歌とは関係ないゲームの実況とか生歌の配信をやったり、それでフォロワー増やして動画再生数稼いで、人気者になってようやくミュージシャンっぽい活動ができるようになる。それが普通だし、必要な努力だってそのプロデューサーに言われたんだ。そのとき、バーチャルシンガーとしての私の姿も見せてもらったんだけど」

フンと奏音は鼻息を漏らす。

「〝魔界からやってきたひきこもり堕天使、悪魔乃《あくまの》ミカエル〟だって。すごくない？」

「……すごい」

思考が追いつかなくて、私は他に何も言えなかった。

「でも、私は違うと思ったんだ。それは、私のやりたいこととは違うなって」

「私もそう思う」

　コクコクと首を振って私は同意する。

「それを白雪に話したら、あの子は、何にも違わないって言うわけ。ミュージシャンになるのに必要なことなら、やるしかないでしょって。白雪は私のことを誰よりわかってくれてると思ってたから、頭に来ちゃって。違う、違わないの言い合いになった。しかもあの子、私より頭いいからさ、淡々と論理的に説明してくんの。もうそうなったら私、勝てないじゃん。でも、絶対違うから、私もひけなくて。それが事件前日の金曜日のこと。今でも白雪が私に言った言葉を憶えてるんだ」

　奏音は深く溜息を吐く。

「〝どんなときでも奏音は歌えばいいんだから〟って」

　彼女の声は暗く沈んでいた。

「そんなの……まるで、私には歌しかないみたいじゃん。それで私、教室の机を思いっきり蹴っ飛ばして、まだ授業あったのに家に帰ったんだ。白雪とは付き合い長いけど、そこまでのケンカは初めてだった」

　私は奏音と同感だったが、バーチャルシンガーにならないという判断が、彼女の将来にとって良い選択となるのかどうかはわからない。ミュージシャンの道へと進みたいのであれば、今の時代の形に合わせる必要がある。そういう意味においては、音楽プロデューサーや白雪の意見が正しいのだろう。

夢を実現させて生きていくのは険しい道のりだ。

きっと、どちらも間違ってはいない。

だからこそ、奏音は複雑な思いでいるのだろう。

「事件の日、ちょうど正午くらいに白雪から電話がかかってきたんだ。それまでずっと私怒ってたんだけど、白雪が謝ろうとしてくれてるんだって思ったら急になんか、我に返ったというか、自分が子どもだったなって思って、私も謝ろうって電話に出たんだ。そしたら、いきなり白雪が――」

彼女は顔をこちらに向けて、そこで一息いれる。

「〝ゴミを食って生きてるケダモノ〟って言った」

「どういう意味？」

突然の意味不明な言葉に私は戸惑う。

「わかんない。はっきりと白雪の声で聞こえたのはそれだけ。こっちから話しかけても、応答なしで。でも、電話の向こうで争うような物音が聞こえたから、そこからは耳を澄まして音を拾ったの。ガシャン、バタン、みたいな何かが倒れる音とか、誰かの荒い息遣いも聞いた。そのうちに、電話が切れたんだ。だから、私は何度もかけなおしたんだけど、白雪は出なかった」

「それって、もしかして……」

「うん。そのときに白雪は殴られたのかもしれない」

「白雪さんが倒れていた現場に、携帯電話は落ちてた？」

「落ちてなかった。白雪の携帯電話はどこにもなくて、まだ見つかってない」

それが犯行時の音声なのであれば、携帯電話は犯人が持ち去った可能性が高い。

「私、すごく嫌な予感がして、直哉、楓子、ちーちゃんの順に電話をかけたんだけど、誰も出なかった。それでどうしようもなくなって、学校に行ってみることにした。家を出ようと玄関に行ったとき、今度は鉄太から電話がかかってきたんだ」

鉄太はその日、白雪にアップルの売買について聞こうとしていたはずだ。文化祭の作業は昼過ぎからで、電話がかかってきたのは昼くらいだと奏音が言っているので、事件現場に居た鉄太は、それくらいの時間には学校に来ていたと考えていいだろう。

「〝お前、今どこにいるんだ？〟って聞かれたから、家にいるって答えた。そのとき私は鉄太に、白雪の様子がおかしいって伝えたんだけど、鉄太はそれを無視して〝誰か傍にいるか？〟って聞いてきたんだ。真剣な声だったから、ママがいるけどって言ったら〝証明できるか？〟って言われて、私はママを呼んだの。ママの返答を電話越しに聞かせて、鉄太と話そうとしたら、そのときにはもう電話は切れてた。もちろん、かけなおしたんだけど、鉄太も電話に出なかった」

「結局、鉄太さんはどんな目的で電話をかけてきたんだろう」

事件直後にかかってきた電話には、重要な意味があるはずだ。

「そのときは、私に直接会って何か話したいことがあったから、居場所を聞いたんだろうなって思ったんだ。でも、もし、白雪を殴ったのが鉄太じゃなかったら、犯人は他にいるわけじゃん？　事件発生後に現場にやってきた鉄太は、私がその犯人だと疑って電話をかけてきたのかもしれない」

「鉄太さんは当日、奏音が部室に来ると思っていたってこと？」

「私は当初参加する予定だったから。行かないって連絡したわけでもないし、みんな来ると思ってたはず。ただ、鉄太は私と白雪がケンカしたことを知ってる。直哉以外はみんな同じクラスだから。倒れてる白雪を見て、私がやったって思ってもおかしくない。だから電話してきたのかも」

確かにアリバイ確認だったと考えると腑に落ちる。

その場合、鉄太は白雪を殴った犯人を捜していたと考えていいだろう。

やはり、真犯人が存在するのだろうか。

「奏音の実家から学校までどれくらいかかるの？」

「走って二十分くらいかな。途中歩いて休憩いれながらだけど。そのときもそうしながら学校に向かった。タクシーなんて走ってないし、車はパパが乗って行って無かったし。バスはあるけど休日運行で本数少ないから、走った方が早いと思って」

奏音のアリバイを裏付ける証言が他の誰かからとれたら、白雪を殴った犯人候補から彼女を除外してもいいかもしれない。

「私が学校についたときには、すでに警察のパトカーとバイクが止まってた。校門でお巡りさんが入場規制してて、そこで足止めされてる直哉とちーちゃんに会った。二人から話を聞いたんだけど、救急車が入って出ていったことくらいしかわからないって。すぐに学校から先生たちが出てきて、帰宅するように指示されたの」

雨宮直哉は事件発生時、学校付近に居たようだ。

「私は先生に白雪の無事を確認したいから入らせてって頼んだんだけど、どうしてもだめだって。そうしてると、学校の敷地の方から頭に毛布を被された生徒がお巡りさんに連れてこられたんだ。今はそれが鉄太だったってわかるけど、そのときは誰か分からなかった。鉄太はパトカーに乗せられて、連れて行かれた。その後、美術部の部員数人と共に礼伊が学校の方から校門にやってきた。事件があったとき部室棟にいたのは、礼伊とその部員たちだけで、礼伊はずっと部室にいたって」

松下礼伊も学校に居たらしい。

「結局、先生は何も教えてくれなくて、私たちはそのまま帰宅するしかなかった。救急車で運ばれたのが白雪だったってことがわかったのは帰宅したあと。白雪のおばさんからママに連絡が入って」

そこで奏音は声を詰まらせた。

「白雪とはケンカしたまま、それっきりになった。そのときからなんだ。今までみたいにギター持って人前で歌えなくなっちゃって。歌ってると急に頭の中が真っ白になって、心臓がドキドキし始めて咳がとまらなくなるんだ。病院に行ったら精神的なものだろうって。薬も飲んでみたけど、なんか、うまく声が出せなくて……」

事件直前に白雪としたケンカが心的外傷《トラウマ》になってしまったのだろう。

だから、奏音はギターを持ち歩かなくなった。

「ねぇ、志緒」

あらたまって彼女はこちらに顔を向ける。

「ゴミを食って生きてるケダモノってなんだろう」

「……わからない」

白雪が意識不明に陥る前の最後の言葉。

それはダイイングメッセージに近い性質を持っている。

「でも、それは白雪さんが奏音にだけ伝えたことだから、他の人には内緒にしておいた方がいいと思う」

事件の鍵となる重要なメッセージであることは確かだ。

※

D島高校の校門前で待っていると、おさげ髪の少女が校舎から出てきた。

「お久しぶりです。奏音先輩……へひ」

黒縁眼鏡をかけた小柄な少女は独特な笑い方をした。

突然の呼び出しに慌てて用意したのだろう、頭の両側で結ばれたおさげ髪は結び位置が大きくずれている。人と目線を合わせられないのか、彼女の視線はなかなか定まらず、奏音を見るときはちらちらと上目遣いになった。

「よっ、ちーちゃん、相変わらず、かわゆいねぇ！」

奏音はちーちゃん——佐々木千早のほっぺたを両手で挟んで愛でている。

「……せ、先生に許可とってきたんですけど、部室に入っていいとのことでした。帰ったら教えてくれって。ひひ、なんかうちの高校、緩いですよね」

千早は為されるがままだ。

「うりうりうりうり」

「うー……先輩、早く部室に行きましょう」

奏音がなかなか止めないので、さすがにしびれを切らしたらしい。

「……ふむ。では、よろしく」

満足した顔で奏音は手を離し、千早はずれた黒縁眼鏡を手で直した。

民俗学研究部の部室は校舎とは別の部室棟にあるらしい。

千早を先頭に私たちは校舎を外回って部室棟に向かう。

校舎に隣接するグラウンドでは野球部員たちが声を張り上げて練習していた。

その隣にはテニスコート、さらにはサッカーグラウンドまである。学校の敷地はかなり広いようだ。街中にある私の学校のグラウンドはこの半分もないだろう。

部室棟は校舎から外階段を下りてすぐのところにあった。

私は簡素なプレハブ小屋を想像していたが全く違っていて、吹き抜けになった中央に階段がある二階建てのしっかりした建物である。校舎とは直角となる位置に配置されており、正面側にグラウンド、背後には小さな雑木林があった。

「下の階にあるのが運動部、上が文化部の部室って分けられてんの」

奏音が中央階段を上がるときにそう教えてくれる。

階段は二人が並んでも十分にゆとりがあるくらいの幅で、途中に踊り場のある折り返し階段だ。運動部の部室の入口は外側に面していたが、二階の文化部の部室は部室棟内部に入口が存在しており、外からは見えないようになっている。けれど、階段を上り下りする誰かの姿は、そこがトンネルのように建物の吹き抜けになっているために、表からでも裏からでも確認できるだろう。

階段の踊り場のすぐ上に部室棟の入口がある。今はその扉が開かれており、そこから内部が見えた。今は誰もいないが、誰かがいればその姿を確認できるだろう。部室棟に入ると横一直線の通路になっていて、すぐ左手にトイレがあった。

「部室棟の出入口はこの階段だけじゃないよね？」

奏音にそう聞くと、彼女は通路の左側を指さした。

「通路の突き当たりに内鍵のついた通用口があるよ。ほら、非常口のマークがあるでしょ。出入りできるのは、そことこの二か所だよ」

通用口は校舎とは反対の方向についているようだ。

民俗学研究部の部室はその通用口のある左側一番奥にあった。

千早が鍵を使って部室のドアを開ける。

「それで先輩、今日はいきなりどうしたんですか？」

「近くに来る用事があったから、ついでに寄っただけ」

「なるほど、ついでに……で、そちらの方は？」

「私の友だち。民俗学に興味あるんだって。だから、色々と見せてあげようかと思って」

「それはそれは……にひ」

千早は黒縁眼鏡をくいっと中指で押し上げると、私に向かってニヤリと笑んだ。

どうやらそれが彼女の精いっぱいの愛想笑いらしい。

私は彼女に名乗ってから、部屋を見回す。

正面にはブラインドが下ろされた窓、小さな机の上にノートパソコンがある。パソコンが使えるということは、電源もあるのだろう。部屋の中央には長方形の会議用テーブルがあって、パイプ椅子が向き合って置かれていた。左手にはスチールラックが並べてあり、雑多に物がそこに置かれている。六人くらいならゆとりをもって使える広さだ。

白雪を殴った凶器の石仏はもうないようで、どこにも見当たらない。

壁に大きなマップが貼ってあったので、何だろうかと気になって見上げる。

それに目ざとく気づいた千早が私の傍に寄ってきた。

「それはですね！　H県F町の河童伝説の分布マップです。卒業生が実地調査しまして、目撃談とか、歴史的遺物と残っている場所にピンが刺してあります。調査結果は冊子にまとめて文化祭で配布しましてですね、私、中学生のときにそちらを拝読して、深く感動しまして。とくにメインであるF町N川にもし河童が生息していたと仮定したときの、空想F町N川水域河童生息考の論説は一読の価値がありますよ、是非是非」

機関銃のようにまくしたてると、彼女はノールックでラックから冊子を取り出して私に押し付ける。私は彼女に促されるまま、冊子を開いて眺めた。

びっしりと文字が書き込まれているが、手描きの河童の可愛い絵もある。古い新聞のような河童発見のフェイク記事は本物みたいによく出来ていた。楽しんで作られたのが伝わってくる内容だ。

「あ、これ懐かしいな。私たちが二年のときの文化祭で作ったやつだ。こんなところに飾ってあったっけ？」

どうやら奏音はラックの中段を眺めているようだ。そこには展示用のプラスチックケースに五体の像が飾られていた。像はどれも片手に余るくらいの大きさだ。

「あー先輩、それ、聞きたいことがっ！」

千早は奏音にぐっと身を寄せていく。

「そちら、部室にあった段ボール箱にしまわれていたのを私が見つけて飾らせてもらいました。おそらく、中国の伝承生物を作成したものだろうと思ったのですが、ネームプレートが見当たらず。顧問の柴村《しばむら》先生に聞いても、よく憶えてないと。先輩方の残した素晴らしい造形物ですので、どなたが何を作ったものか確認させて頂きたく」

「そっか。ちーちゃんはこれ作ったときはまだ入部してなかったか」

「ええ。私、先輩方が三年のときに入部しましたから。それで、早速なのですが、こちらの力作は〝麒麟《きりん》〟で間違いないですよね？」

千早は一番右端の像を指さした。

「そう。それは鉄太の麒麟。鉄太は柴村ちゃんから、いくら幽霊部員でもせめて文化祭の展示物の作成くらいはしろって叱られて作ったんだ。そのときの発表が中国の伝承生物についてだったから、神獣や妖怪を紙粘土で作るって話だった。それであいつ、お酒のラベルに描かれているからって理由で麒麟を選んだの。鉄太って意外と手先が器用なんだけど、やると決めたらとことんやるタイプだから、造形のノウハウがないとか言って、礼伊を無理やり美術部からひっぱってきて、二人であーだこーだ言いながら作ったんだよ。確か、色塗りは礼伊がしたはず。つまりこれは、鉄太と礼伊の合作だね」

その麒麟の像は確かに良く出来ていた。丁寧な彩色に、細かい部分まできっちり作りこまれており、今にも疾駆しそうな躍動感のあるポージング。とても紙粘土で出来ているとは思えなかった。売り物としてお店に置かれていても、私は違和感を覚えないだろう。

「なるほど。石坂先輩と松下先輩の合作ですか。では次のは、そうですね……これは雨宮先輩が作られた〝白澤《はくたく》〟でしょうか？」

「はくたく？　んー……直哉が作ったのは間違いないけど、名前は憶えてないな。なんか目が大事なんだとか言って、テディベア用のグラスアイを買ってきて埋め込んでたのは憶えてる」

「やはり、雨宮先輩でしたか。白澤は両目と額で三つ、身体の側面に三つ、反対側にも三つ。合わせて九つの眼を持つ瑞獣なので、これは白澤で間違いないでしょう」

それは白い四足の獣の像だった。身体に眼がたくさんある異形の姿が不気味で気持ち悪い。腹部についた三つの眼は、意志をもってじっとこちらを見ているかのようだ。

「次のは……奏音先輩が作った〝貘《ばく》〟ですか？」

「獏はあってるけど、これは、私じゃなくて白雪が作ったやつ。あの子、マレーバクがめちゃくちゃ好きでさ。ぬいぐるみとかも集めてて。だから、マレーバク作って、これは中国の獏ですって言い張ったの。でも、柴村ちゃんに〝ちゃんとした獏を作れ〟って怒られて、後から体毛を追加したんだ。中国の獏って牙も生えてるらしいんだけど、白雪は〝体毛生やすまでが妥協ライン。それ以上を望むのであれば戦います〟って宣言して、柴村ちゃんがすぐに折れた。あの子、強情で絶対言うこと聞かないから」

パンダのように黒と白で塗り分けされたその像は、マスコットキャラクターのようにデフォルメされていて、ちょこんと座った姿が可愛らしい。先ほどまでのリアル志向とは真逆の方向性である。この獏であれば私は鞄につけたい。

「獏は白黒のまだら模様ですし、てっきり奏音先輩がふざけてマレーバクを作ったんじゃないかと思ったんですが」

「私って、そういうイメージ？」

「え、あ、いや？　でも、あの白雪先輩が真面目に獏を作らなかったのは驚きですね」

千早はわかりやすく狼狽して、話を変えた。

「そう？　白雪は結構いたずら好きだよ。何考えてるかわかんないとこあるし。遊び心はうちらの中で一番ある」

白雪の名前が出たことで、自然と空気が重くなる。

千早は何か言いたげに口を開きかけたが、何も言わなかった。

そんな気配を振り払うように奏音が続ける。

「えっと、次のは楓子の〝亀〟だね」

「いや、ただの亀じゃなくて〝玄武《げんぶ》〟ですよね？」

「ううん。〝亀〟であってる。ほら、甲羅の上に山が乗ってるでしょ」

「ああ！　〝霊亀《れいき》〟ですか？　仙人が住む蓬莱山を背負った亀！　確かに一体だけ四神の玄武が入っているの、おかしいなと思ってたんです！」

「楓子さ、亀の甲羅部分めちゃくちゃ頑張って作っててさ。結構上手に出来てたのよ。手がかかった分だけ愛着わいたとか言ってお気に入りだった。でも柴村ちゃんに、その亀はホウライサンを背中にのせるから甲羅部分は隠れるよって後から言われてさ。甲羅の作りこみが、全部無駄になったんだよね。それで楓子、完全に心が折れて、茶色に塗っただけの塊を甲羅に乗せて、それから亀のことは二度と……」

奏音が言うように、その亀の背中には茶色く塗られた瘤のようなものがついていた。

麒麟、白澤、貘《ばく》の三作に比べて、霊亀はあからさまに手抜きなのがわかる。

そこで千早は雷に打たれたように、くわっと目を見開く。

「じゃあ、この最後の〝踏み潰された小籠包と餃子〟は、奏音先輩が⁉」

「えっ、どれ？」

「だから、その一番左端に置いてある〝踏み潰された小籠包と餃子〟ですよ！　私はてっきりお腹をすかせた新居先輩が、ユーモアを効かせて作ったものだとばかり……」

キョトンとした顔で二人は見つめ合っている。

薄いオレンジ色に塗られたそれは、真ん中に小籠包、それを挟むように二つの餃子がくっついている。小籠包は踏み潰されてしまっており、具が飛び出してしまっていた。そのユーモラスな造形に、展示物を見た客は思わずクスリと笑ってしまうに違いない。

「いやいやいやいやいやいや」

奏音は首を横に振ってから、それを指さす。

「〝鳳凰《ほうおう》〟じゃん」

私と千早は思わず顔を見合わせた。

「ケースの底に落ちちゃってるけどさぁ？　ちゃんと飛んでるふうに飾ったらわかるかなぁ？　落ちちゃってるから、変な感じに見えたのかもだけど」

奏音は首を傾げている。

私は静かに目を閉じて、耐える。

「鳳凰ってマイナー？　フェニックスって言えばわかるのかなぁ」

私はそれが小籠包と餃子のセットであることに、一片の疑いも抱かなかった。

「結構さ、羽らしさを出すの苦労したんだよね」

私はその部分を餃子の耳、あの幾重にも折り返されている部分であると認識していた。

「顔がうまくくっつかなくてさ、すぐにぽろっと落ちちゃって大変だった」

私にはそれが小籠包から飛び出た具に見えていた。

――鳳凰だったのである。

中国の伝承生物がテーマなのだから、鳳凰だと考えるべきであり、そうであるのが正しい。誤解はよくあることだ。芸術は難しい。上手だとか下手だとか自分の物差しではかりきれないものである。一見、よくわからない絵でも、有名な画家が描いていたりするではないか。もし万が一にクオリティが低かったとしても、私はそんなことで笑ったりはしない。そう。決してそんなことはしない。人の頑張りを嘲笑うような人間にはなりたくない。ただ、何がおかしいかを強いて言えば、千早がそれを小籠包と餃子と表現したことで、しかもうまく特徴をとらえていたことだ。完全にそう見えた。それ以外の何物でもなかったが、実は鳳凰だったのである。そんな勘違いしてしまったことが可笑しい。笑ってしまいそうになった。そうなのであれば、笑ったとしても別に良いのではないか。勘違いしたことが面白かったのだ。いや違う。このタイミングで笑ってしまったら、奏音は自分の作品が笑われたのだと思うかもしれない。彼女を傷つけてしまうかもしれない。だから、私はつとめて冷静に、心の防波堤を壊そうとするこの波に抗い、耐えているのだ。そういえば、もうすぐお昼でお腹が減ってきた。何を食べようか。どこかにお店はあるだろうか。けれど、今日は中華は止めよう。手ごろなお店が中華料理屋だったとしても、そこには入らないでおこう。小籠包と餃子のことをしばらく考えないようにしたい。そう。世界は優しくあるべきだ。大丈夫、何も問題はない。

私は目を開けた。

「……鳳凰だよね」

澄ました顔で頷いて同意する。

「だよね？　あれ、どうしたの、ちーちゃん」

蹲《うずくま》った千早はお腹を抱え、呼吸困難になりそうなくらい声を押し殺して笑っていた。

「ネームプレートに鳳凰って書いておけば、私の、ふひ、私のように誤解する短慮な若輩者はいなくなると思います」

しばらくかかって、ときどき襲い来る笑いの波を千早は鼻をひくつかせながらも耐えていた。

「まぁ、私の得意分野じゃないことは確かだし？」

パイプ椅子に座った奏音は、腕組みをして不満気に唇を尖らせている。奏音の向かい側に千早と並んで座っている私までも、なぜか反省を強いられているような気分になる。けれども、私たちだって堪えようと必死に頑張ったのだ。奏音の生み出した鳳凰の破壊力が凄すぎただけで。

沈黙が訪れたので、私は少しばかり大袈裟に腕時計を見る仕草をした。

そろそろ本題に入らなくては、直哉との待ち合わせ時間に間に合わなくなる。

「ねぇ、ちーちゃん、石仏が部室のどこにも見当たらないんだけど」

私の意図を察して、奏音がそう切り出した。

「セキブツ？　ああ、羅漢像のことですか？」

「ラカンって何？」

「羅漢というのは、悟りを開いた高僧のことです。この部室に置かれていたのは、五百羅漢の石仏をモデルにして、卒業生が石から彫ったものですね。ここにそのときの部員の数だけ、十二体あったんですが……」

千早は携帯電話で検索をして画像を表示させると、私たちに見えるようにテーブルの上に置いた。表示された羅漢像はまるで石のこけしのようである。奏音からは二十センチくらいのサイズだったと聞いていた。

「そう、これこれ。こんなやつだった」

「その一つが、あの……使われてしまったので羅漢像は全部、柴村先生がどこかに片付けてしまったんです」

千早は言いづらそうにしているが、奏音は何でもないと言いたげに頭を横に振る。

「白雪のことなら私に気を使わなくて大丈夫だよ。ちょっと気になることがあって、ちーちゃんにはあの事件の日のことを聞こうと思ってるから」

「気になることですか……？」

あまり気が進まないようで、千早は困り顔だ。

「うん。あの日は、白雪たちと何時からの約束だったの？」

「……午後一時に部室に集合って話でした。でも、白雪先輩や雨宮先輩はいつも早く来てくれるから、私、早めに家を出たんです。誰も来てなくても、もとは自分の作業なので先に始めてればいいですし。学校に着いたのは十二時二十分くらいだったかと。そのときにはもう校門前にパトカーが止まっていて、お巡りさんに学校に入ってはいけないと止められたんです」

「そのままそこにいたんだよね？」

「はい。お巡りさんに聞いても何も教えてくれなくて、どうしようかなって思っていたときに、学校の中から雨宮先輩が私に気づいてやってきました。雨宮先輩は部室棟まで行ったらしいんですが、階段前にいたお巡りさんに追い返されたそうで、自分も何もわからないって言ってて。救急車が来たのはそのときだったと思います。敷地に入って、すぐに出ていきました」

もちろん、救急車で運ばれたのは白雪だろう。事件発生から三十分程度の経過。彼女は意識不明の重体ではあるが、かろうじて命は取りとめた。

救急や警察への通報は鉄太が行ったのだろうか。

事件発生が正午あたりのはずだから、救急車や警察の到着時間から考えて、通報はかなり速やかに行われたと考えていいだろう。少なくとも通報者は、白雪の命を救おうと行動したように思われる。

「それから私は、学校の中に知り合いがいるかもしれないと思ったので、連絡を取ろうと携帯電話を鞄から取り出したんです。奏音先輩から着信が入ってたことに気づいたのはそのときでした。電話を掛けなおそうとしたら、ちょうど先輩が学校にやってくる姿が見えたんで手を振ったんです」

「そこからの流れを確認したいんだけどさ。私とちーちゃんが合流したあと、先生が校門に現れて帰るように言ってきて、毛布を被った鉄太がパトカーに乗せられて警察に連行された。そのあと、部室棟にいた礼伊と美術部の部員たちが校門にやってきた。それから、学校に居た運動部の生徒たちが帰宅を始めて、私たちも一緒に帰った。それでいいよね？」

「ええ、はい。それで間違いないと思います」

私は頭の中で推測を交えながらざっくりと時系列を整理してみる。

奏音に白雪から電話がかかってきたのが正午。

推測――このときに白雪が何者かと争って怪我をした？

白雪からの電話が切れた後、少し経ってから、奏音に鉄太から電話がかかってくる。

推測――鉄太は奏音のアリバイを確認しようとした？

正午過ぎ、奏音が学校へ向かう。

推測――救急や警察到着のタイミングから考えて、この時にはすでに通報があった？

直哉、千早は学校付近？　美術部の部室には礼伊？　犯行現場には鉄太？　集まりに参加予定だった新居楓子の居場所は未確認。

午後十二時二十分くらい、千早が学校に到着。警察、直哉は一足先に学校に到着していた。その後、救急車が到着して、白雪を病院に搬送。

午後十二時三十分過ぎ、奏音が直哉、千早と校門前で合流。鉄太がパトカーに乗せられて警察へ。美術部の部員と共に礼伊が校門に現れる。部室棟に居たのは彼らだけだった。そして、奏音たちは帰宅。

こんなところだろうか。証言が正しければ、奏音にはアリバイがある。その一方で、奏音以外の幼馴染は犯行可能な圏内にいた可能性があり、今のところアリバイが証明できる者はいない。

「……それで奏音先輩は、何が気になっているんですか？」

おずおずと千早が奏音を窺い見る。

「いやね、私、鉄太が白雪を殴ったのがいまだに信じられなくてさ。確かに自供してるんだけど、本当にあいつだったのかなって、ずっと気になってるんだ」

「……わかります。石坂先輩って怖そうなんですけど、女子には優しいですよね。なんか〝男ってのは女を守るもんだぜ〟みたいな感じで。白雪先輩を羅漢像で殴るなんて、ちょっと考えられないです」

「そうなの。あいつ喧嘩っ早くてすぐに手が出るんだけど、子供の頃から絶対に女子にだけは手をあげなかったから」

「でも、他の誰が白雪先輩をって考えても、全然思い当たらないんですよね……強いて言うなら、美人だったからストーカーとか居たのかな？　くらい」

「ストーカー……？　居なかったと思うな」

「あとは女子の逆恨みとかですかね。私の好きな人が白雪先輩のことを好きで悔しい、みたいな。白雪先輩は松下先輩とつきあってたんですっけ？　あのイケメンと仲良かったじゃないですか。そっちの線はないですかね？　松下先輩のファンだって言ってる子は、うちの学年にも、ちらほらいましたよ」

「つきあってたのかなぁ？　白雪からは何も聞かされてない。確かに仲は良かったけど、そこにラブがあったかっていうと？　私はそっち方面疎いからなぁ。礼伊はたぶん昔から白雪のことを好きだけど、あいつは美人なら誰でも好きってタイプだから。白雪は礼伊のそういうところがあんまり好きじゃなかったと思う」

事件には危険ドラッグのアップルが関わっていそうに思えるが、そうではない可能性ももちろん存在する。むしろ、思春期なのだから、何らかの恋愛関係のもつれから事件に至ったと考える方が自然かもしれない。

会話がそこで止まってしまった。

ずっと黙っていた私だが、そこで一つ聞いてみることにした。

「佐々木さんはアップルって知ってる？」

急に話しかけられた千早は、こちらを見てキョトンとした顔になる。

「ああ、携帯電話の機種ですか？　私、そちらの製品あんまり好きじゃなくて」

そう言って、テーブルの上に置いたままだった自分の携帯電話を手に取った。

どうやら、私が言った危険ドラッグの名前を携帯電話のメーカーのことだと認識しているらしい。どうして急にそんなことを、と不思議がっているその表情を見る限り、彼女に隠しごとや裏があるようにはとても思えなかった。

「さて、ちーちゃん、私たちはそろそろお暇《いとま》しようかと思う。世話になったね。それで、どうかね。新入部員は。我が青春のD島高校民俗学研究部は君の代で廃部かね？」

テーブルに肘をつき、やけに芝居がかった口振りで奏音が言う。

たいする千早は黒縁眼鏡を押し上げると、大胆不敵な笑みを浮かべて見返した。

「今年、なんと二人も増えました。ええ、D島高校民俗学研究部は、奏音先輩のお作りになられた鳳凰のごとく、不滅です！」

奏音は何度も頷いて小声でぽつりとつぶやく。

「私の鳳凰のことはもう言わないで」

私は、この二人が結構好きだ。

※

「礼伊も今日会えるって。こっちに来てもらおっか。でも、さすがに直哉と一緒に話すわけにはいかないよね？」

昼食のパスタを食べる手を止め、奏音は携帯電話を操作する。

彼女が頼んだのは、メロンソーダにナスとひき肉のボロネーゼ。メロンソーダには外からの光が射しこみ、エメラルドの影をテーブルに落としている。私と奏音は個人経営の小さなパスタ店で、雨宮直哉がいつ来てもいいように並んで座っていた。

「そうだね。二人一緒だとお互いに聞かせられない話があるかもしれないから」

私が食べているのは海老のトマトクリームソースパスタ。海老を食べたときに誰もが口にしてしまうあの言葉を恥じらいもなく使うけれども、大きな海老がプリップリだった。

「やつらは親友だが仕方ない。直哉には速やかに帰って頂くとするか」

「みんな仲良さそうに思ったけど、その二人は特別なの？」

「そうね。めっちゃ仲良いよ。直哉と礼伊はお父さん同士も親友だからね。二人でレインブンってコンビニの名前みたいな会社設立して共同経営しちゃうくらい。そういう相性の良さって、遺伝子に刻まれてるのかも」

雰囲気のいいお店だった。

若い夫婦が経営しているお店らしく調理担当が夫、接客が妻とスタッフ一人。お店はそれでまかなえる規模で、客の入りはお昼時で八割程度。暇ではないが適度にゆとりがある。急いで調理する必要もなく、接客の手が足りないこともない。そういうお店は店内のサービスが行き届いていて、料理も美味しいことが多い。奏音は白雪と楓子の三人でここによく来ていたそうだ。

「楓子、メッセージは確認してるんだけど返信がないなぁ。いつもはすぐ反応あるんだけどな」

「どうしてだろうね。楓子さんってどんな人？」

「そうだね……大人しくて優しい子だよ。昔からお芝居が好きで自分でも演劇やりたいって、大学でもそういうのを学んでる。昔はちょっとぽっちゃりしてたけど、高三のときに一念発起してダイエットに成功したんだ。痩せてすごく美人になった」

奏音には〝白雪のことで話したいので会えないか〟といった内容のメッセージを、幼馴染たちに送ってもらっていた。〝聞きたい〟ではなく〝話したい〟としたことには理由がある。〝聞きたい〟だと相手側は問われる形になるので、どうしても身構えてしまう。聞かれたくないことがある人には会ってもらえないかもしれない。それにたいして〝話したい〟は、こちら側から情報を与える形なので、白雪に関して知りたいことがある人は話に乗ってきてくれるはずだと私は考えたのだ。

そんなメッセージを確認しても、楓子が返信しない理由はなんだろう。返信する暇もないくらい忙しいのだろうか。けれど、私には楓子が迷っているように思えた。奏音に会って話したいことが彼女にはあるが、話すべきかどうかを迷っている。もしそうなら、直接的に判断を迫ってみるのがいいかもしれない。

「あとで電話してみたらいいんじゃないかな」

「じゃあ、そうしよう」

私たちは再び美味しいパスタの山を崩しにかかった。

そのうちに、奏音が入口の方に向かって大きく手を振る。

「あ、来た来た」

心構えの出来ていない私は、そちらを見ずに、俯いてパスタを見つめ続けた。

「久しぶりだな、奏音」

その人物は柔らかな声でそう声をかけると、奏音の向かい側に座る。

「よ。直哉、お昼は食べた？」

「いや、まだ。ここで食べる」

私は恐る恐る視線を上げて、ストライプのワイシャツを着たその人物の顔を窺う。

雨宮直哉と私の視線が交差した。

――彼に死の予兆は現れていない。

私は思わず安堵の溜息を吐く。よかった。

奏音が私を「ワケありの新しい友人」と紹介し、私は「どうも」と小さく頭を下げた。

「どーも」

彼は親し気な微笑を私に向けたあと、メニューを手に取って眺める。

その仕草は手慣れた感じで自然だった。アイロンがかけられた皺一つないワイシャツや、すっきりと整えられた髪から、大人びていて真面目そうな印象を抱く。それは社会人だからというよりは、彼のもともと備わった気質に思えた。奏音から医者を目指していたと聞いていたが確かに医者っぽい。スクエア型の眼鏡が彼をより知的に見せていた。たぶん、この人は歯が黒くなるのを気にして、イカスミのパスタは頼まないだろう。

手をあげてスタッフを呼んだ直哉は、メニューを指さす。

「この、イカスミのパスタ一つ。あと、水も」

予想が外れた。

「うーん……直哉、痩せた？　なんか疲れてる？」

彼の顔をまじまじと見て、奏音がそんな感想を漏らす。

「そりゃね。働き出したら痩せるさ。新社会人なんて、慣れない環境とストレスで、みんな疲れ果てているもんだよ」

そう言われれば確かに、直哉の頰はこけ、眼の下にはしっかりと隈が出来ていた。肌も荒れているようで健康的な痩せ方には見えない。疲れが顔に出ているがゆえに、大人びて見えたのだろうか。けれど、表情は明るく、身だしなみもきちんと整っているので、精根尽き果てているような感じはしない。

「でも、大変なのは確かだな。俺、働きながら医学部受験の勉強もやってるんだ。自分でお金貯めて、いつになるかわからないけど、医者になる夢にもっかいチャレンジしたいなって思ってるから」

「えっ、直哉、医者になんの？」

明らかに奏音の声が弾んだ。

「なれるかどうかはわからないよ。学力を維持し続けるのって大変だから。だけど、働き出して、その想いが強くなった。このまま、会社勤めも悪くないとは思う。それでも、心の片隅には医者になりたいって気持ちがまだ残ってるみたいでさ。そんな未来はないのかもしれないけれど、可能性だけは失いたくないなって」

直哉は父親が事業に失敗し、母親も身体を壊したことから医学部受験を断念したと聞いている。実際のところ、働きながらお金を貯めて受験して医者を目指すのは、かなり困難な道だろう。それでも彼は夢を諦めないという決心をしたようだ。

「それで、俺に白雪のことで話したいことって何かな」

直哉はスタッフが持ってきた水の入ったグラスを受け取ると、それを一息に飲み干し、もう一杯頼んだ。暖かな陽気のせいで喉が渇いているようだ。

「白雪のこと、直哉は鉄太がやったと思う？　私にはどうしても鉄太がやったとは思えなくて」

「……まぁな。それは俺も同じ気持ちだ。鉄太がやったとは思えない。だけど本人が認めてるってのがな。どんな理由があっても、自分に全く身に覚えのない誰かの罪を被るなんてこと、少なくとも俺にはできないよ」

「鉄太だったら？」

「俺は鉄太じゃないからわからない。だから、その気持ちになって考えられないし、理解も出来ない。唯一、確かなのは、鉄太が自分がやったと認めていることだけだ。あいつにはそうする理由があるってことだろ。だったらその理由が何であれ、鉄太の言葉を信じてやるしかないなって思ってる」

そして、直哉は私をちらりと一瞥する。

「今更だけどこれって、彼女の前でしてもいい話？」

「大丈夫。事情は全部話してある」

「事情は全部話してある」

彼はそう繰り返して、首を左右に振ってコキコキと音を鳴らした。

そこへスタッフがイカスミのパスタを持ってくる。

直哉はそれを「ありがとう」と受け取った。

「じゃあさ、鉄太が白雪を殴ったとして、その行為を直哉はどう思ってる？　白雪は今も意識を取り戻してないんだよ」

「どう思うか？」

彼はスプーンとフォークを使って、丁寧にイカスミのパスタを食べ始める。

そして、もぐもぐと咀嚼《そしゃく》して飲み込んでから、言葉を続けた。

「どうして白雪にそんなことをしたんだって憤りは俺にもあるよ。だけど、鉄太は少年院に入って出てきたんだ。罪を認めて罰を受けた。社会的な償いは終えたってことだろ。だから、そんな感情をあいつにぶつけるのは間違いだと思う。今は、あんな事件が起こってしまったことが、ただ悲しいだけだよ」

彼の瞳に浮かぶ悲しみの色に偽りはなさそうだった。そのまま言葉を鵜呑みにするなら、白雪のための復讐などは考えていなさそうである。

そこで直哉は食べる手を止めて、奏音をじっと見た。

「奏音さ、俺に話したいことって、鉄太のことじゃないだろ？　白雪のことで何か言っておきたいことがあるんじゃないのか？」

私が奏音に送らせたメッセージは〝白雪のことで話したい〟である。会って話す機会さえ作れたら、そんなメッセージの意図は有耶無耶《うやむや》にして、相手から白雪に関する情報を引き出せるんじゃないかと私は考えていた。

しかし、直哉は抜け目なくそれを指摘してきた。

なんだろう。彼は自分から聞こうとはしないが、奏音から白雪に関する何かの情報を引き出そうとしているように感じる。

「直哉はアップルって知ってる？」

「知ってる。学校で流行ってた危険ドラッグだろ」

危険ドラッグの名称が奏音の口からでても直哉は驚かなかった。

「知ってたの？　どうして？　私は全然知らなかったのに」

「普通は知らないもんだよ。俺は鉄太から聞かされてたから。あいつのバイク仲間がそれ使って事故ったって。奏音は知らなくていい。あんなもの」

「じゃあ、アップルに白雪が関係してたことは？」

「関係？　もしかして、白雪は毒林檎を食べたから目が覚めないっていう、あのくだらない噂のことか？　アップルなんてただの危険ドラッグだ。童話にでてくるような毒林檎じゃない。白雪は無関係だろ」

「ううん。白雪がアップルを売ってたかもって話。それは知ってた？」

裏表のない性格の奏音は良くも悪くも策を弄するタイプではない。駆け引きなしの直球勝負。それが藪をつついて蛇を出すようなことになるのではないかと、私は気が気でなかった。

「知らないよ、そんな話。白雪に限ってそんなことありえない」

直哉はふたたびイカスミのパスタを食べ始める。

「私もそう思うよ。でも、何か理由があって、そうしなきゃいけなかったら？」

「俺の知ってる白雪はどんな理由があってもクスリになんか手を出さないし、いくらお金が必要でも、人を不幸にするやり方で稼いだりはしない。俺たちの中でも一番危険ドラッグなんてものを嫌う。それはお前もわかってるだろ？」

「それはそうだけど」

私は直哉がアップルのことを聞かれて、学校で流行っていた危険ドラッグと即座に答えたのが気になっていた。たとえ、彼の頭の中でアップルと危険ドラッグが結びついたとしても、それが白雪とは無関係であり〝奏音は知らなくていい〟と本当に思っているのであれば、知らぬふりをすることができたはずである。それなのに彼はそうしなかった。むしろ、彼はあえてアップルと危険ドラッグを結び付けて、奏音に印象付けたように思えた。

「……いや、でも、待てよ」

直哉は顎に手をやって何やら考えている。

「事件が起きてから少し経ったあとで白雪の家に空き巣が入ったのを憶えてるか？」

「そういえば、そんなことあったね。うちのママが泣きっ面に蜂だって言ってた。でも、あれは何も盗られなかったんじゃないっけ？」

「何も盗らない空き巣っておかしくないか？　警察が言うには、堂々と玄関を開錠して入って短時間に手際よく荒らしているから、かなり手慣れた犯行だって。それなのに、あの辺りで空き巣被害にあったのは白雪の家だけで、現金だってあったのに手つかずだった。

妙な話だったから憶えてる。しかも、一番荒らされてたのが白雪の部屋だっただろ？」

「あー、確かに。白雪の部屋がめちゃくちゃになってたって。あのときのおばさん、精神的にも相当参ってたから余計に可哀想だった」

「何も盗られてないように見えて、何か盗られていたんだとしたら？」

「何かって何よ」

「白雪の家に空き巣に入ってでも手に入れないといけなかった〝やばい何か〟だよ」

「……危険ドラッグ？」

「いや、奏音はさ、俺に白雪が危険ドラッグを売ってたって話をしたんじゃないのか？

もしそうなんだったら、たとえば――」

そこで直哉はグラスから水を一口飲んだ。

「危険ドラッグの仕入れ先や顧客の情報、犯罪組織の全貌を明らかにする証拠とか」

またしても意外だった。

私は直哉から情報を与えられるとは思ってなかった。

それも、彼がろくに奏音から情報を引き出していないうちにである。

「もしそうなんだったら、なぜ鉄太が白雪を襲ったのか、一つ理由がつけられる」

いつの間にか直哉の皿が空になっていた。彼はナプキンを手に取ると丁寧に口を拭く。

「俺の知っている鉄太は、乱暴だけど女子には絶対暴力を振るわない。それなのに、白雪を鈍器で殴って重傷を負わせた。また、俺の知っている白雪は危険ドラッグになんて絶対に手を出さない。それなのに、その売買に関わった可能性がある。まるで俺たちの知らない二人だ。それが俺たちを戸惑わせてる」

「そうだね。そんなことをする二人じゃない」

「だけど、そんな二人の意外な行動にも、俺たちが納得できる形でのもっともな理由を与えることはできる。たとえばこんな筋書きならどうだろう。白雪は校内に流通している危険ドラッグの経路を探ろうとして自ら売買に関わった」

奏音が息を呑んだのがわかった。

「なぜ、白雪がそんなことをしたか？　俺たちの中に危険ドラッグを使用し、犯罪組織と関わって校内に流通させている者がいたからだ。そいつが俺たちの中にいたからこそ、仲間の誰にも相談することができなかった白雪は、一人で解決しようと危険ドラッグ売買の渦中に飛び込んで犯罪の証拠を収集した」

私は目から鱗が落ちる思いだった。その人らしからぬ意外な行動でも、観点を変えれば納得できる理由が用意できる。そんな考え方、私にはなかったからだ。その人らしくないことはしないだろうとばかり思っていた。

「あの日、白雪はその誰かに集めた犯罪の証拠をつきつけて説得を試みた。これ以上、危険ドラッグや犯罪組織に関わるのをやめるようにと」

私が奏音から預かっている折り畳みナイフ。

護身用としては厳ついが、あえて見せることで威嚇に使えるだろう。

「だけど、その人物は白雪を鈍器で殴ってしまった。普通の状態であれば、そんなことはしなかっただろう。だけど、そのときは、正常な思考ができなくなってたんだ。なぜなら、そのとき、危険ドラッグを使ってたからだ」

空き皿をさげにきたスタッフに直哉は「ごちそうさま」と言って手渡す。

そのときに見えた歯は白く、全然汚れていなかった。

「白雪は襲われたとき、犯罪の証拠を所持していなかった。保険のためにどこかに隠していたんだろう。彼女を襲ったその人物は、そんなことすら考えられないほど頭がどうかしてた。どうしてもそれを手に入れなくてはならないその人物は、犯罪の証拠が白雪の家にあると思い、家捜しに入ることにした」

直哉は考えながら話しているようだが、ここまでの推理におかしなところはない。

ちゃんと筋が通っている。まるで探偵みたいだ。

「白雪の家は共働きだったから、幼い白雪が鍵をどこかに落としても家に入れるように、万が一の備えで玄関前にスペアキーを隠してた。それは奏音も知ってるはずだ。俺たちは子供のころからずっと白雪がそこから鍵を取り出すのを見てたし、一緒に家の中に入って遊んでたんだから。もし、今でもそこにスペアキーがあるなら、白雪の家に入った空き巣と同じように堂々と鍵を開けて中に入れる。試してみる価値はあるはずだ」

彼の言う俺たちとは当然、幼馴染のことだろう。

「俺たちの中で危険ドラッグを使用し、白雪を襲い、白雪の家に泥棒に入った人物。もう言わなくても分かるだろ？　鉄太だよ。あいつのバイク仲間もアップルを使って事故ってる。仲間うちで危険ドラッグ遊びやってるうちに、抜け出せなくなったんだ」

「でも……」

やっとの思いで絞り出したような奏音の声もそれ以上続かなかった。

直哉はそんな彼女に溜息を吐く。

「白雪の家に空き巣が入った頃には、鉄太は警察から自宅に帰ってきていた。家庭裁判所の審判開始まで在宅していたからだ。その犯行時、俺たちは普通に学校に行ってた。だから、少なくとも鉄太以外の俺たちには犯行は不可能だった。そうだよな？」

間違いないようで、奏音は何も言えずにいる。

ただ、スペアキーの場所さえ誰かに教えれば、自分が学校に行っていても、犯行を依頼することは可能だろう。私はそんなふうに考えたが今は口を挟まないでおくことにした。

「鉄太は未成年だ。白雪の暴行を認めても、成人ほどの罰は与えられない。それよりも、白雪が摑んだ犯罪の証拠が警察の手に渡る方が問題だ。危険ドラッグを流通させている犯罪組織のことが明るみになれば、その失態からどんな報復を受けるかしれない。だから、鉄太は警察に危険ドラッグの関与を探られないよう、早々に自供して罪を認めた」

それが真相としか思えないくらい辻褄があっていた。もしそうなのであれば、鉄太に現れた死の予兆は、犯罪組織に命を狙われることによるものだとも考えられる。

ただ、あたかもそのような犯罪組織が存在しているみたいに語っているが、それはまだ直哉の想像上の産物でしかない。アップルを流通させている大本が存在することは確かだろうが、それがどんな組織、あるいは、人物なのかは今のところ全く不明である。それに、私は実際に自分の目で見た鉄太がそこまでの悪人には思えなかった。反論しかけた奏音もそうだろう。

それでも、鉄太が危険ドラッグを使用していたため、犯行時に正常な思考が出来なかったという推測にはかなりの説得力があった。薬物が精神に作用して混乱状態《トランス》に陥らせ、異常な行動をさせる。それこそが危険ドラッグが危険ドラッグたる所以《ゆえん》だ。

「俺が気になるのは、鉄太は白雪の家で犯罪の証拠を見つけだせたのかどうかだ」

私は鉄太の言葉を思い出す。

――たとえば白雪がどこかに何か隠してたとか、心当たりもないか？

彼は奏音にそう聞いていた。確かに鉄太は白雪が隠した何かを探している。

直哉はまるであのとき現場に居て、その事実を知っていたかのようだ。

「回収できていたのなら問題はない。でも、まだ見つけられてなかったら？　犯罪組織が自分たちの弱みともいえる犯罪の証拠を隠し持っている者の存在を知っていたら？　白雪は眠っているからこそ安全でいられるのかもしれない。彼女の目が覚めたとき、どんなことになるか。そんなものは見つけられるものなら見つけ出して、さっさと警察の手に委ねるのがいいと思わないか？」

直哉はまるで実業家が事業をプレゼンするときみたいに、テーブルの上で指を組み、奏音をまっすぐに見る。

なんだろう。私は彼が次に言う言葉がわかる気がする。

「奏音は、白雪がどこかに何か隠していたとか、心当たりはないか？」

鳥肌が立った。

その一言だ。全てがその一言のためにお膳立てされていたように思う。

鉄太だけでなく、直哉も白雪が隠した何かを探しているのだ。

私はテーブル下で奏音の手をぎゅっと握った。

ダメだ。そんな甘い誘惑に乗ってはいけない。

「わかんない。私、あのとき白雪とケンカしててさ。全然口も利いてなくて。ちゃんと話を聞いてあげられてたら、何かわかってたかもしれないのに」

奏音は平然とそう答えた。私の思いが伝わったことは、彼女が手を握り返してきたことからわかる。本当にわからないのかもしれないが、その対応でいいと私は思う。彼の掌の上に小指一つも乗せなくていい。

「白雪から何か意味深なことを言われたこともない？」

「全然、心当たりない」

直哉の言葉には説得力がある。全部鉄太が悪い。危険ドラッグを運営する犯罪組織は悪で警察が正義だ。白雪が危険なのであれば助けるべきだ。

彼は正しく聞こえることしか言っていない。

だからこそ、慎重になるべきだった。罠に仕掛けるのは、甘い蜜だと決まっている。ただの直感でしかないが、このまま直哉の指示に従っていくと、最終的にはお腹《なか》をすかせた大きな山猫が待ち構えているような気配があった。

「何か思い出したら教えてくれ」

直哉は粉砂糖をふりかけたみたいな笑みを浮かべると、話は終わったとばかりに手帳型のカバーをつけた携帯電話を操作し始めた。

鉄太と直哉は何を探しているのだろう。

それは本当に危険ドラッグ売買に関する犯罪の証拠なのだろうか。

「それじゃ、俺はこっちに来たついでに実家に寄っていくよ。またな」

直哉は財布から自分が食べた分の料金をきっちりと数えてテーブルの上に置くと、グラスに入った水を飲み干し、当初と変わらない、どこか疲れたような顔で店を出ていった。

私と奏音は握りあっていた手を放し、顔を見合わせて、お互いに溜息を吐く。まるで私たちは注文の多い料理店が、来た人を西洋料理にして食べるお店だと気づいた二人の若い紳士みたいだった。

「すごい推理だった」

私の言葉に奏音は頷く。

「私も、めちゃくちゃ納得したんだけど」

直哉の語った真相が真実かもしれない。

これ以上の他に筋の通る真相なんて存在するのだろうか。

「でも、なんか――」

奏音の言葉を遮るように、彼女の携帯電話が振動する。

「……礼伊がもう駅まで来てるって」

携帯電話を確認した奏音が肩を竦めた。

まるでタイムスケジュールが組まれているかのようだ。

直哉が店から出る前に携帯電話を触っていたのは、礼伊に連絡をいれたからだろうか。

親友である直哉と礼伊が連絡をとりあっていてもおかしくはないが、それならばなぜ、同席しなかったのだろう。

「なんか、直哉は隠してるよね」

それは私も同感だった。

礼伊とはそのまま同じ店で待ち合わせることにした。

※

「そういえば、白雪が殴られたときの直哉のアリバイを確認してなかったな。ちーちゃんより先には学校に来てたはずだけど」

奏音がポツリと呟く。

「口をはさむ隙もなかったもんね」

そこで話が途切れる。

ただ話を聞いていたばかりだったが、私たちはとても気疲れしてしまっていた。

話さなければいけないことはたくさんあるが、情報量が多すぎて、まだうまく整理できていない。二人で話し合うのを後回しにしたい気持ちは私も彼女も同じらしい。

奏音はホットコーヒーを、私は紅茶を追加で頼んだ。

次の相手への英気を温かい飲み物でも飲んで養わなければやっていけそうにもない。

「や。お待たせ」

テーブル脇に誰かが立つ気配がした。不意に強い柑橘系の香りがつんと鼻をつく。

「久しぶり、礼伊」

「やあ、奏音ちゃん。そっちは、あんま変わってないね。いいじゃん、その髪の青メッシュ。似合ってるよ」

直哉の居た場所に誰かが座る。

ふと私は目線を上げ、そして、すぐにそれを後悔した。

開襟シャツに紺色のジャケット。パーマがかけられた髪はひとつひとつ摘んだみたいに捻れている。左の耳たぶにイヤーカフス、テーブルの上に置かれた右手の人差し指には銀色のリングが光って見えた。お洒落だ。

「ありがとう。礼伊は変わったね。大学デビューって感じ？」

「いやあもう、何にも縛られないって本当にいいよね」

佐々木千早はその人物、松下礼伊の顔をイケメンだと評していたがよくわからない。

なぜなら私には、彼の目に黒い横線、死の予兆が見えていたからだ。

三人目である。この先、死ぬ人が三人も。そのうち二人と同席しているこの状況から私は逃げ出したい気持ちでいっぱいだ。どうして人はそんなにたやすく死んでしまうのか。

「二人ともパフェ食べない？　奢ってあげるよ。っていうか君は誰？　初めてだよね？

僕、会ったことある？」

奏音は「ストロベリーパフェ食べる」と答えてから、私を礼伊に紹介した。

「へぇ、奏音の新しい友だちか。よろしくね」

礼伊は軽薄そうな口調ではあるが、どちらかといえば、初対面の空気をやわらげるために、気を遣って話しかけてくれているように感じる。きっと、彼は誰とでもすぐに仲良くなれるだろう。けれども、私はお腹がいっぱいだったので、彼の申し出であるパフェは断った。

礼伊は店員を呼んで、アイスティーとチョコレートパフェ、それから、奏音のストロベリーパフェを頼んだ。

「それでさ、今日は何の用？　久しぶりに会おうってだけじゃないよね。白雪ちゃんのことで話って何かな？」

礼伊は指をこすり合わせたり、店内にいる他の客をちらちら窺ったりと、落ち着かない様子だった。緊張しているというわけでもなく、それが自然体らしい。沈黙が続いたり、じっとしていたりするのを苦に思う性格なのかもしれない。

「白雪のことなんだけど、礼伊は鉄太がやったと思う？」

奏音は直截にしたのと同じ質問を彼にも繰り返した。

「僕はやってないと思うかな」

あっさりと礼伊はそう答えた。

「どうして？」

「鉄《て》っちゃんはそんなことしなさそう。奏音ちゃんもそう思うでしょ？」

「でも、そうだとしたら、誰がやったっていうの？」

「うん？　誰がって言われると困るけど、なんとなくそう思うだけ。鉄っちゃんはヒーローだからさ」

直哉と違って礼伊は直感に従うタイプのようだ。二人は親友らしいが、凸と凹みたいに真逆すぎて気が合うのだろうか。論理的ではない分、礼伊はつかみどころがない。

「じゃあ、礼伊はアップルって知ってる？」

そこにパフェが運ばれてきた。

「……なんかさ、こういうのってたまに食べたくなるよね。気分が落ち込んだときとか、疲れたなーって思うとき」

奏音の質問をはぐらかして、礼伊はチョコレートパフェを長いスプーンですくって口に入れる。

「質問に答えて、礼伊。私は真面目に話してる」

「うーん、白雪ちゃんの話って、そのこと？」

「そう。礼伊はアップルが何か知ってるのよね？」

「果物のリンゴでしょ」

「礼伊、真面目に答えて」

彼がとぼけているのは明白だった。

礼伊は詰まらなそうに唇を尖らせる。

「奏音ちゃんは別に知らなくていいんだよ。そんなものに関わらなくていい。やめたほうがいいって、そんな話。知らなくていいことはあるんだから」

「でも、私はもう知った」

「何を？」

「白雪がアップルを売ってたってこと」

彼はパフェに差してあったウエハースを手で取って二つに割った。

「なんで？　白雪ちゃんがどうしてそんなことするの？」

奏音を試しているかのような聞き方だ。

「鉄太にアップルから手を引かせるため」

「へ？　どういうこと？」

今度はとぼけたのではなく、本当に驚いたようだ。

「そのまんまの意味。鉄太がアップルを使ってたから――」

「鉄っちゃんはアップルなんてやらないよ」

食い気味に礼伊は口を挟む。

「奏音ちゃん、何年の付き合いなんだよ。鉄っちゃんがそんなのに手を出すわけないじゃん。それだけはないって。鉄っちゃんは不良じゃなくてツッパリなんだよ。暴力をふるうんじゃなくて、不条理な暴力から仲間を守るために立ち向かう。それがツッパリ。曲がったことが何より嫌いだし、自分も曲げない。僕が何度助けられたと思ってんの。女みたいなやつってからかわれる度に、鉄っちゃんが守ってくれたんだ」

その熱い口調から彼の鉄太への信頼が絶大なことがわかる。ここまで直哉との意見が真っ向から違うのも驚きだ。もしかすると、礼伊と直哉が連絡を取り合っているというのは、私の余計な勘繰りだったのかもしれない。入れ違いになったのは偶然で、直哉が携帯電話を触っていたのは、実家に連絡をいれただけとも考えられる。

「いや、まぁ、それは……私もそうは思うんだけど」

気圧《けお》された奏音がしどろもどろにそう答える。

「使ってたのは楓《ふう》ちゃんでしょ」

礼伊は割ったウエハースを口に入れた。

「楓子？　なんで急に楓子が出てくんの」

「奏音ちゃんは楓ちゃんの夢、知ってる?」

「……舞台女優でしょ? 女優にはなれなくても、演劇に関する仕事には就きたいって」

「そう。僕たちは絶対に呼ばなかったけど、楓ちゃんはちょっと太ってて周りからブーコって呼ばれてた。それも知ってるよね?」

「知ってるけど、でも、楓子はダイエットに成功して痩せて綺麗になったじゃん」

大袈裟なくらい大きな溜息を礼伊は吐く。

「だからさー、食べても太らない人はいるよ? 奏音ちゃんそうだよね。食後にそのストロベリーパフェ食べても、全然平気。だけどさ、食べるとすぐ脂肪に変わる体質の人もいるわけ。食べるの我慢して、運動してそれでも痩せない。そんな人が簡単にダイエット成功するわけがないんだよ。だったら、何に頼るかって話」

彼の言わんとしていることが私にはわかった。

「楓ちゃんはダイエットの薬としてアップル使ってたんだ」

ドラッグをダイエットの薬と称して若い女性に売りつけるのはよくある手法だ。

本当にそのような効果があるかはわからない。

「楓ちゃんが痩せたのは劇的だった。今までも食事量減らしたり、痩せる努力なんてずっとしてたのに、短期間でいきなりだよ。それでも奏音ちゃんは別におかしいと思わなかった。痩せることの大変さを知らないから。頑張ったじゃん、なんて褒めてた。でも、僕や白雪ちゃんは違う。劇的に痩せたからには、それなりの理由があるって思うわけ」

言葉の節々から、奏音にたいする苛立ちを感じる。

「僕は男だから、そんなふうに思っても立ち入らない。楓ちゃんに体重の話なんてできるわけがない。だから、体質にあったダイエット方法があったのかなって思ったくらいで、深く考えなかった。でも、白雪ちゃんは違ったんだろうね。きっと、楓ちゃんを追及して、アップルを使ってることを知った。もし本当に白雪ちゃんがアップルに何らかの形で関わっていたんだとしたら、楓ちゃんを助けるために決まってる」

またわからなくなってきた。

直哉はアップルを使用していたのは鉄太だと言い、礼伊は楓子だと言う。

「僕がアップルを知ったのは高校卒業してから行ったクラブでだよ。危険ドラッグなんて、それこそいろんな名前と種類がある。〝メルヘン〟とか〝ドリーム〟とか。そのうちの一つが〝アップル〟って名前で、ダイエットに使える薬だって聞いて、楓ちゃんに結び付いた。もちろん、確認なんてしてない。もし違ってたら、努力して痩せた楓ちゃんを傷つけてしまうからね」

礼伊がパフェを食べるスプーンの、ガラス容器にあたるカチャカチャという音が、彼の苛立ちを現わしているかのようだった。

「……もしかして、礼伊は白雪を殴ったのは、楓子だって思ってる？」

奏音をみると、どうやら顔色を失っているようで唇の血色が悪かった。あまりにも自分が何も知らず、何も気づかなかったことにショックを受けているようだ。

「それはわからない。でも、あの日、僕は朝から美術部の活動で部室棟にずっといた。後輩たちの作業を手伝ってたんだ。どうしてもって頼まれたから。お昼前にトイレに行ったんだけど、そのときに階段を上がってくる制服姿の楓ちゃんを見た。僕は漏れそうだったからそのままトイレに入った。だから、すれ違いだったけど」

民俗学研究部の集まりは午後一時からである。

理由は不明だが、楓子はそれ以前に部室棟へやってきていたようだ。

「トイレから出たときには楓ちゃんの姿はなかった。どこへ行ったかもわからない。僕はそのまま美術部の部室に戻った。それからあの騒動が起きるまでずっと後輩たちと一緒に部室にいたんだ。僕が言えるのはそれだけ。だから、楓ちゃんがやったなんて確証はない。楓ちゃんのあとに他の誰かが部室棟に入って出ていった可能性だってある。現に鉄っちゃんは、僕の知らない間に民俗学研究部の部室にいたわけだから。事件後、警察が来てからは、部室棟に居たのが僕と一緒にいた美術部員だけだったのが確認とれたみたいだけど」

事件当日、楓子も学校に居たという証言が得られた。

「鉄っちゃんはきっと誰かを庇って自供したんだと思うよ。庇うとしたら僕たち仲間の誰かだろうね。自分のことより、まず仲間を守ろうとする人だから。言っておくけど、白雪ちゃんにあんなことをしたかもしれない人の中には、奏音ちゃんも当然含まれてる。アップルがどうこう関係なくてさ、前日に白雪ちゃんと大ゲンカしたの、僕は知ってるから」

半分くらい残ったパフェの容器に、長いスプーンが放り入れられ、カランと音を立てる。

「あとさ、白雪ちゃんがアップルを売ってたなんて話、誰から聞いたの？」

私たちが最初に聞いたのは鉄太からだったはずだ。

その鉄太は楓子から聞いたと言っていた。

奏音は答えない。言っていいものかどうか迷っているようだ。

それを見かねた礼伊は続ける。

「誰だっていいけどさ。直哉って昔から楓ちゃんのこと好きじゃん？　痩せてようが痩せていまいがずっとね。たとえばだよ、白雪ちゃんが楓ちゃんにアップル売ってたんだとしたらどうかな。直哉キレるでしょ。自分の好きな人に危険ドラッグ与えるなんてさ。だから、あの事件は直哉が起こしたって可能性もありうるんだよ。楓ちゃんだってそうさ。アップルの売り買いで白雪ちゃんと揉めたのかもしれない。アップルの使い過ぎで、頭がおかしくなっちゃってたのかもしれない。結局、自分以外は誰も信じられないんだ。だから、今、みんなバラバラなんでしょ。あんなに血の繋がった家族みたいだったのに」

彼は幼馴染の関係性が崩壊してしまったことを悔やんでいるらしい。

「鉄っちゃんが庇ってくれてあの事件は終わった。あとは白雪ちゃんが目覚めてくれれば良かったねで終わる話にどうしてならないかな。奏音ちゃんが今更知ってどうなるの？　いままで無関心で、鈍感だったくせに、何をしようっての。もう遅いんだよ、何もかも。あの頃に戻りたいって思っても、戻れないんだって」

礼伊は財布から五千円札を抜くとテーブルの上に置き、そのまま店を出ていった。彼にとっては過去の話であり、今更行動したところで何の益もないと考えるのは自然なことかもしれない。

「……あーあ。すっごい自己嫌悪。礼伊の言う通りだわ。私、あいつらのこと、何にも知らなかったし、全然わかってなかった」

奏音は顔を手で覆って座席にもたれかかる。

「怒らせちゃったね」

「ホント？　あーダメだ。私、もうダメ。全然、怒ってたように見えなかった」

「どう見えてたの？」

後半は怒り任せに思うがまま話してたような気がする。

「んー……」

奏音はゆっくりと回る天井のシーリングファンを見上げている。

「こいつ、泣くんかな？　って」

黒い線で目隠しされて見える私には、礼伊がそんな表情をしていたことに気づかなかった。怒りよりも、悲しみの感情の方が勝っていたということだろう。

そして、私には彼女に言っておかなければならないことがあった。

もしかしたら、もううんざりだとなじられるかもしれない。いい加減にしろと怒られるかもしれない。それでも、私は引き返せないのだ。

「ねぇ、奏音。松下さんにも死の予兆が現れてた」

「……終わってないんだよねぇ、礼伊。あんたも死んじゃうんだって」

それは死の予兆が見える者にしかわからないことだ。

当然、奏音には見えないのだから、死の予兆なんてものの存在を疑ってもおかしくない。

けれど彼女は無根拠であるにも関わらず、ずっと信じてくれている。私はそれがありがたかった。奏音の協力なしに私は死の運命と戦えないのだから。

「でもさ、今のところ、私たちの中で直哉にだけは現れてないんでしょ？　それってどうしてかな？　もし、これが雪で閉ざされたペンションで発生した殺人事件の現場で、一人だけ死の予兆が現れていないとかだったらわかるけど。最後まで生き残る直哉が犯人だーってなるんでしょ。だけど今は全然、そんな状況じゃないじゃん」

「うん。こんなにも同時に複数の人に死の予兆が現れることなんて初めてだし、何かとんでもないことが起ころうとしてる気がする」

「それでもさ、これから直哉が幼馴染を全員殺害していく、みたいなのもさすがにないと思うんだよね。〝十三日の金曜日〟のジェイソン・ボーヒーズじゃあるまいし」

確かにそうである。直哉かどうかはさておき、会ってきた人たちの中にこの先、連続殺人に至る人物が存在するとはとても思えない。

白雪の事件に関してはかなりの情報が得られたように思うが、結局、奏音の幼馴染たちの死の要因が何なのかまだ全くつかめていなかった。もしかすると、誰に殺されるかではなく、なぜ死んでしまうのかを考えた方がいいのかもしれない。

私も気になったことを奏音に言っておくことにする。

「あとさ、死の予兆の進行度が奏音と他の幼馴染で違うの。奏音だけ結構進んでて、他の人たちは黒い目線が一本入ってる程度なんだ」

「それって私が一番最初に現れたから、一番進行してるってことじゃなくて？」

「違うと思う。死の予兆が増える速度は人によってまちまちだから。それに奏音の死の予兆は半年も前に現れたのに、その進行速度は今までの誰よりもゆっくりだよ」

私にはもう一つ気になることがあった。

死の予兆が現れたタイミングである。奏音と礼伊は出会ったときには死の予兆が現れていたが、鉄太は奏音との話し合いの最中に出現した。そこに意味があるとは限らないが、あの話し合いが鉄太の命運を握っていたとも考えられる。これは奏音の身動きを取りづらくしてしまう情報なので、まだ言えないけれど。

「あー考えてもわからない！」

奏音は実験に失敗した博士のように髪を振り乱した。

「誰の言ってることが正しいのかな。少なくとも楓子には絶対に会って話を聞かないといけないのはわかるんだけど」

「できれば、白雪さんの様子も見に行きたい」

「え？　なんで？」

私は迂闊なことを口にしてしまったかと一瞬、躊躇した。

「死の予兆は奏音の幼馴染たちに現れてる。彼女もその一人だから、安全かどうか確認しておきたい」

「んー……まぁ、そうね。それが安心か。じゃあ、こうしよう。楓子に電話して今から白雪のお見舞いに行こうって誘ってみる」

病院で安静にしているからだろうか、奏音は白雪には死の予兆が現れていないと思っているようだ。けれど、そうとは限らない。彼女がもし目覚めたら、どうなるか。白雪は当然、自分を殴った犯人を知っているのだ。

犯人にとって、それがどれほど都合の悪いことか。

テーブルの上には、手つかずのストロベリーパフェが物悲し気にぽつんとあった。

アイスはもうほぼ溶けてしまっていて、今にも容器から零れてしまいそうだ。礼伊の話が衝撃的で、奏音はそれに手を出す余裕すらなくなってしまったのだろう。

「ねぇ、志緒」

奏音が私の視線に気づく。

「これ、一緒に食べてくれない？」

「いいよ」

私はトレーからスプーンを手に取った。

そういえば礼伊は、気分が落ち込んだときや疲れたときにパフェが食べたくなると言っていた。今日もそうだったのだろうか。

溶けたストロベリーアイスは甘いばかりで、とても可哀そうな味がした。

※

返信のなかった新居楓子だったが、奏音が電話をかけるとすぐに繋がった。

「じゃあ、今から病院前で待ち合わせってことで。バイバイ」

携帯電話を切った奏音が首を傾げている。

「なんか、いつもの楓子っぽくなかったな」

「どんな感じだったの？」

「声が落ち着いてて、まるで知らない人みたいに他人行儀な感じ？」

電話が掛かってきたことで迷いに踏ん切りがついたのだろうか。メッセージだと送信ボタンを押すまでいくらでも悩めるが、電話だと出るか出ないかの選択を早急に迫られることになる。まぁ、なんであれ、楓子に会えるのは朗報だ。

私たちは病院へと向かうことにした。

　支払いを父から持たされたカードで済ませようとすると、奏音に止められる。

「あいつらの置いてったお金どうすんの。こんなにあるけど」

「お金は使ったらなくなるよ？」

「普通はそうよ。何、そのカード、使ってもなくならないの？　うわっ、何だそのカード、黒い！　初めて見た」

「パパがこのカードを使うとポイントがつくって」

「そのカードを娘に持たせる父親に、微々たるポイント還元は必要なくない？」

「え？　でもポイントがつかないと損しない？」

「損って何？」

　二人で首を捻っているとお店のスタッフのお姉さんがクスクス笑って「こちらのカードでもポイントがつきますよ」とレジ前に提示されたポイントカードを教えてくれた。

　しかし、私はこの黒いカードしか持っていない。

「あ、じゃあ、私のカードで！」

　奏音が財布から取り出したカードとお金をトレーに置く。支払いは礼伊が置いていった五千円札で、事足りた上にお釣りまで発生した。パフェだけではなく、私の昼食代も奢ってもらった形になるが使ってしまってよかったのだろうか。

「前から思ってたけど、志緒っていいトコのお嬢さんよね」

「ううん。いつもそんなに使わないからカード持たせてくれてるだけだよ」

「最後にそのカードで買ったものって何よ。いくら？」

「黒猫のポーチ。千五百円」

「それ買うのに、そのカード出したの？」

「だってポイントがつくってパパが」

「そのパパって本当のパパなの？」

本当ではないパパとは？

まさか、本当のパパはこのようなカードを持たせない？

遠見宗一郎は偽物のパパ？

いや、あの人は物心ついたときからいた。

「奏音の言ってることがわからない」

「わからなくて安心した」

奏音はお釣りを全部募金箱にいれて、私たちは店を出た。

白雪が入院しているD島総合病院へは距離があるのでモノレールで行く。人の姿がほとんどないモノレールの二人掛け座席に座って、奏音は白雪について私に話した。

「白雪は幼い頃に両親を交通事故で二人とも亡くしてるんだ。父親が運転していた車が居眠り運転のトラックと正面衝突しちゃって。白雪はたまたま、お婆ちゃんの家に預けられてて難を逃れたの。その後、叔父さんと叔母さんに引き取られる形でD島に来たんだ」

かなり凄惨な過去だった。不遇の事故で両親を失ったショックは相当なものだろう。

「そのせいなのかもしれないけれど、白雪は生き死にに関して淡白なところがある。生物が死ぬのは仕方ないし、いつ死んでもおかしくない、みたいな。だから、危ないことにも躊躇がない。度胸があるとかそういうんじゃなくて、そうなったらそのときは仕方がないって諦めている感じ。そんなふうに考えてるとき、白雪はゾッとするくらい冷たい目をしてる」

「その気持ち、私にはわかるよ」

遅かれ早かれ生物は皆死ぬ。誰もそれには抗えない。

死の運命は受け入れるしかない。

私もずっと自分にそう言い聞かせて生きてきたからだ。

「だって、そう考えられたら、誰かが死んでも傷つかずにすむもの。どうしたって人は死んでしまうし、生き返ったりもしない。叶いもしない夢や希望を抱くよりも、最初から諦めていた方がずっと楽に生きられるから」

白雪の思考に感化されてしまったのか、私は無意識に本音を漏らしてしまう。

そして、すぐに口にすべきことではなかったと後悔した。

それなら、どうして私はここにいるのか。

私は受け入れるしかない死の運命を回避する為に、奏音を巻き込んだ。それなのに、諦めた方が楽だなんて口にしてしまったのだ。その無責任さを痛感する。

あまりの自責の念に私は俯いてしまった。

「私もそう思うよ。叶いもしない夢や希望なんて抱かない方がいいっていうの」

同意されると思ってなかったので、私は思わず顔を上げて奏音を見た。

「でも、志緒は違うでしょ？」

顔の上半分を覆う死の予兆のせいで、彼女がどんな表情をしているのかはわからない。

「運命に負けるときがきても、志緒はそれでも顔上げる気がするんだよ。うまく言えないけど、勝てなくても負けてない。ずっと、何度でも負けたくないって思ってる。だから、私に死の予兆が現れたことも言ってくれたし、今こうして隣に居てくれる」

本当に私はそんなふうに思っているのだろうか。

自分のことはいつだってよくわからない。

「志緒は、誰かを助けるヒーローには何が必要かわかる？」

私は首を横に振る。

ヒーローでない私には、ヒーローに必要なものなんてわからない。

「私はね、ヒーローに必要なのは、何度倒れても必ず立ち上がることだって思うんだ。いくらヒーローだって無敵じゃない。強大な敵に負けて倒れることだってある。それでも、ヒーローは立ち上がるんだ。だって、倒れたままだと誰にも手が伸ばせないから。誰かを助けるにはまず自分が立ち上がってないとダメだから。私には、志緒がヒーローに見えるよ。だって、私や仲間が死ぬのをこんなにも必死になって、助けてくれようとしてるんだからさ」

「……私はヒーローなんかじゃないと思うよ。奏音の死の運命が回避できなかったら、たぶん、もう二度と立ち上がれないから」

私は今まで誰も助けられたことがない。とても大切に思っている自分の幼馴染が傘をもって校舎から飛び降りることさえ止められなかった。

ずっと負け続けるヒーローにどんな価値があるというのだ。

「それでもさ。そんなときは――」

モノレールで移動するのは二駅だ。

でも、私はこの先、このたった数分の会話を忘れることはないだろう。

「誰かに助けてって言えばいいじゃない」

私が憧れた素敵なえくぼがこちらに向けられる。

「きっと、ヒーローが現れて助けてくれるよ」

※

新居楓子はD島総合病院の正面玄関前で私たちを待っていた。

ノースリーブのフレアワンピースに薄手のカーディガン。少し肉がついて見える顎のラインを栗色のミディアムボブの髪型でうまく隠しているが、気にするほどではない。十分に可愛らしい顔立ちだ。

「カノちゃん、私、言わないといけないことがある」

開口一番、楓子は思い詰めた顔で奏音にそう告げた。

「わかってる。ちゃんと聞くよ。だけど、これだけは言っとく。それがどんな話でも、私は楓子の味方だから」

「……ごめん」

「ううん。私の方こそ、全然気づいてあげられなくてゴメン。今日、みんなから話を聞いてきたんだ。だから今はあのとき何が起きてたのか、ちょっとはわかってるつもり。それでもまだわからないことだらけ。だから、楓子から話を聞きたいの。聞かせて」

「うん。わかった」

楓子は今にも涙がこぼれ落ちそうなくらい瞳を潤ませている。

「ここだと邪魔になるから、落ち着けるところで話そう」

そう言って奏音は私にちらりと視線を寄越した。

私は頷いて「大丈夫」と小声で返す。

楓子には死の予兆が現れていない。

死の予兆が現れているのは奏音、鉄太、礼伊。現れていないのは、直哉、楓子。

きっと、何かしらの意味がそこにはあるはずだ。

楓子とは近くにあった木陰のベンチに移動して話すことにした。奏音を間に挟んだ並びで座る。楓子は奏音の傍に見知らぬ私がいても気にならないようで、こちらを見ることもなかった。

「それで、楓子が私に言わなければいけないことって何？」

奏音は優しい声でそう切り出す。

「……白雪ちゃんがあんな目にあったのは、私のせいなんだ。それで、私、今まで一度もお見舞いにいけなかった。カノちゃん、アップルって知ってる？」

「知ってるよ。ダイエットの薬でしょ」

奏音はあえてそのような言い方をした。

「……うん。私も最初、そう聞いてたんだけど、実はとても危険なものだったの。私、高校三年生の秋にすごく痩せたでしょ。それはそのアップルを使って痩せたんだ。赤い色の錠剤でね、すっごく苦いんだけど、それを飲むと頭がスッキリして、お腹が減らなくなる。私、どれだけダイエットしても効果なかったんだけど、アップルで劇的に痩せられた」

楓子は自らアップルの使用を認めた。

何か思惑があるのか、それとも懺悔をしたいだけなのか、まだわからない。

「私、あの頃、性格が明るくなってたでしょ？　それまでは結構暗かったのに。自分でもはっきりとわかるくらいポジティブだった」

「うん。私は痩せられたから、自信がついたんだと思ってた」

「全然、そうじゃなかったの。アップルを朝と晩に一錠飲む。それで私、一日中おかしくなってた。あの頃、どんなふうに生活してたのか、よく憶えてないんだ。夢の中で生きてた感じ。ご飯も食べなくて、眠くもならなくて、そりゃ、痩せるよね。命を削って生きてるようなものだから。今考えたら危機感を抱くのが普通なのに、そのときはずっとハイで、ちっともそんなふうに思わなかった。鏡で痩せた自分の顔見たら、あ、本当の私だって思ったの。呪いの魔法が解けたみたい。やっと、本当の私になれたって」

それだけの効果が目に見えてあると、止められなくなる気持ちはわかる。

それが薬物の怖さだろう。

「だけど、白雪ちゃんにはすぐに気づかれちゃった。楓子、なんかヤバいもの使ってるでしょって問い詰められて、私、白状したんだ。白雪ちゃんに睨まれて隠し通す自信なかったから。白雪ちゃんはすごく怖い顔で、すぐに使うの止めてって。そのときは、私、わかったって言ったんだけど、どうしても止められなかった。アップル使わないとリバウンドしちゃうんじゃないかって怖くて。だから、隠れて使ってたんだけど白雪ちゃんにはお見通しで、そしたら、白雪ちゃん、アップルよりいいのを見つけてあげるから、ちょっとだけ使うの我慢してって」

心の中に溜まった思いを吐き出すように楓子は語る。

「アップルよりいいもの？」

「うん。それから一週間も経たないうちに、白雪ちゃんは私に、違うアップルを持ってきたの。〝ホワイトアップル〟だって言ってた。白い色の錠剤で、アップルの廉価版なんだって。アップルは袋に小分けにされてるんだけど、ホワイトアップルはピルケースに何錠も入ってる」

ホワイトアップル。ここに来て新しいドラッグが現れた。

「アップルってすごく高かったの。私は将来のための貯金を使ってアップル買ってたんだけど、すぐにお金が尽きてしまいそうだった。でも、ホワイトアップルはすごく安かったの。コンビニでお菓子買うくらいの値段でさ。ただ、その分効果は弱くて、逆に眠くなったりもするけど、摂取量さえきちんと守れたら、アップルより健康に悪影響を与えないからって。それで私、白雪ちゃんからホワイトアップルを買うようになったの。効果は確かに弱めだったけど、ちゃんとアップルみたいな効果はあった」

「楓子はもともとアップルを誰から買ってたの？」

「それは……加賀美《かがみ》さん」

「美術部の加賀美さん？」

「うん。最初に、いいダイエットの薬あるんだけどって、私に声をかけてきたのが加賀美さんだった」

「加賀美さんはアップルをどこで手に入れてたの？」

「校内に売ってくれる人がいるんだって。一度にたくさん買ったら割引いてくれるから、みんなでシェアしてるらしくて、それで必要そうな子に声をかけてるんだって」

学校の中でアップルを売っている者がいたようだ。当然、白雪よりも前に、危険ドラッグ売買に関わっていた人物だろう。

「白雪ちゃんはアップルを使っている子に、ホワイトアップルなら安いよって。ホワイトアップルに替えないか聞いてみてって言ってきたの。ホワイトアップルならそんなクスリを手に入れてるんだろうって。それで私、急に不安になった。白雪ちゃんはどこでそんなクスリを手に入れてるんだろうって。そんなことをして大丈夫なのかって聞いたの。そしたら、私のことは大丈夫だから、楓子はいつかホワイトアップルが必要なくなるように努力してって言われた」

「それでみんなはどうしたの？」

「ホワイトアップルに切り替えたよ。みんな学生だからお金そんなにもってないし。ただ、白雪ちゃんから一つだけ注意されてたことがあってね。このホワイトアップルをアップルってこれから呼んでほしいって」

白雪は楓子にアップルからホワイトアップルに切り替えさせた。それだけでなく、安価なホワイトアップルをアップルの代替品として流通させようとしたようだ。

「そのホワイトアップルって、ずっと安かったわけ？」

「うん。値段は変わらなかったよ。あの日、私は白雪ちゃんから話があるって早めに部室に呼ばれてたの。ホワイトアップルを使い出して、一カ月くらい経ってたと思う」

「それって何時ごろ？」

「お昼前で十一時過ぎだったはず」

松下礼伊もそのあたりに楓子を目撃している。大きな矛盾はない。

「部室で白雪ちゃんは私に、もうホワイトアップルを売ることはできなくなったたって言ってきたんだ。アップルの代わりに売ってたのが危険な組織にバレちゃったたって。私、それでびっくりしちゃって、白雪ちゃんは危なくないのかを聞いたら、私には手を出せない証拠があるから大丈夫だって。ただ、もしアップルがまだ残ってたら、警察がくるかもしれないから捕まりたくないなら、すぐに処分してって言われたの」

「それはもちろんホワイトアップルもってことだよね？」

「ううん。ホワイトアップルは持ってても平気って言ってた」

アップルは警察に見つかると捕まるが、ホワイトアップルは問題ない。

ホワイトアップルが何かを知る上で、それはかなり重要な情報だ。

おそらくアップルには違法な成分が含まれているが、ホワイトアップルには含まれていないのだろう。違法な成分が含まれているアップルはもう危険ドラッグではなく、麻薬だと考えていいのかもしれない。

さらにもう一つ。白雪は危険な組織が自分に手を出せない証拠があると言っている。それは雨宮直哉の言っていた〝危険ドラッグ売買に関する犯罪の証拠〟ではないだろうか。

「警察がくるって聞いて、それで私、急に怖くなっちゃって。早くアップルを処分しなきゃって、部室棟から出たところで鉄っちゃんに声かけられたんだ。どうした、顔色悪いぞって。私、そのときテンパってたからうまく誤魔化せなくて、鉄っちゃんに話を聞かせろって部室棟の裏手の茂みに連れて行かれたんだ。ここなら人も来ないからって」

「それって百葉箱があるとこ?」

「百葉箱? なんか白くてちっちゃなお家《うち》みたいなのがあるところ」

「うん。それが百葉箱。そこは林と百葉箱でうまく隠れられる上に部室棟の階段裏だから、人の出入りが見えるんだ。先生が来てもすぐわかるからって鉄太がよくそこで煙草を吸ってた」

「そうなんだ。知らなかった。私、何も言えなくてずっと黙ってたんだけど、鉄っちゃんが、だったら俺の話を聞いてくれって、持ってた紙パックのジュースくれたの。それで鉄っちゃんの仲間がアップルのせいでひどい事故にあったって話を聞いたんだ。アップルを売ってるやつが絶対に許せないから捜してるって。そこで私ようやく我に返ったっていうか、今使ってるのがホワイトアップルだったとしても、もう絶対やめなきゃって思った。そのとき……」

急に楓子が口ごもる。

「そのとき、何？」

「直哉君が部室棟に入っていくのを、鉄っちゃんが気付いたの。あ、直哉だって。私も見たら直哉君すごく慌てて、階段駆け上がってった」

ここで証言に疑問が発生した。

後輩の佐々木千早の証言によると、直哉は事件発生後、部室棟まで行って階段前にいたお巡りさんに追い返されたと言っていたはずだ。だが、事件発覚前に部室棟に入ったと楓子は証言している。

ただ、矛盾はしないかもしれない。

直哉は正午前に学校に来て部室棟に入った後、再び外に出て、白雪の事件が発生してから、また部室棟に向かってお巡りさんに追い返された。そうなのであれば、千早には一度部室棟に入ったことを言わなかっただけで、嘘は吐いていないことになる。けれど、その場合でも、一度部室棟に入ったことを千早に隠したように思える。やましいことがあると思われても仕方がないだろう。

私は鉄太も目撃していることから楓子の証言は信じていいように思った。二人が協力関係にあって口裏を合わせていない限り、嘘は吐けないはずである。

ひとまず、直哉は正午前に部室棟に訪れていたと考えていいかもしれない。

「私、白雪ちゃんがクスリを売ってたことを鉄っちゃんが自分でつきとめたら、とんでもないことになるかもしれないって思ったんだ。すごく怒ってたから。白雪ちゃんが売ってたのはホワイトアップルだけど、クスリには違いないでしょ？　だから、鉄っちゃんが知る前に、先に白雪ちゃんがクスリを売ってたことを私の口から言ったの。どうしてそんなことになったのか、全部私のせいなんだってことを説明したら、怒られるのはきっと私だから」

鉄太も楓子からその情報を聞いたと言っていたので、証言に矛盾はない。

ただ、鉄太にアップルとホワイトアップルの区別がついていたのかは定かではなかった。白雪がクスリを売っていたと楓子から聞かされたことで、アップルを売っていたと勘違いした可能性はある。

「その話が終わる頃にね、直哉君が部室棟から出てきたんだ。入ってからそんなに時間経ってないと思う。携帯電話を耳に当てて、やっぱり慌てた様子で中央階段を下りてった」

「その間、直哉以外に部室棟を出入りした人はいた？」

楓子は首を横に振る。

「いなかった。部室棟から出てきたのは直哉君だけだよ」

「時間帯はどのあたりか憶えてる？」

「……はっきりとはわからないかな。十二時は過ぎてたと思うけど」

だが、その証言で直哉が白雪暴行の犯人だと決めつけるのは早計だろう。

部室棟の出入りが直哉だけだったとしても、中には他にも人がいたはずだ。美術部員や礼伊もいたし、犯人が潜み続けていた可能性もある。あるいは、もう一つある通用口からも外には出られるはずだ。

「それで私、鉄っちゃんに白雪ちゃんが危ないかもしれないって言ったの。危険な組織にクスリを売っているのがバレたらしいって。白雪ちゃんは身を守る証拠を持ってるって言ってたけど、守ってあげてって。そしたら、鉄っちゃん〝わかった。全部任せろ〟って。鉄っちゃん全然怒ってなくて。なんかすごく優しくて頼もしい感じがした」

鉄太が探していたものは〝白雪が危険な組織から身を守る証拠〟である可能性が高くなってきた。それを見つけ出してドラッグ売買に関わる組織のことを知ろうとしていたのではないだろうか。

「そのあと、鉄っちゃんは白雪ちゃんと話をしに部室棟に行って、私は直哉君の後を追っかけたの」

「どうして、直哉の後を？」

「……直哉君が部室棟から出てきたときに使ってた携帯電話が白雪ちゃんのだったから、気になって。白雪ちゃんの携帯電話って真っ白なカバーがついてるんだ。だからすごく目立つの。直哉君の携帯電話は手帳みたいなカバーなんだよ」

とんでもないことを言っているのに、楓子はどうやらその重大さに気づいてないようだ。

白雪は襲われたとき、自分の携帯電話で奏音と通話している。おそらく、楓子はその事実を知らなかったため、平然と口にできたのだろう。

つまり、白雪の携帯電話を直哉が持っていたのであれば、少なくとも、彼女が殴られたあとに手に入れたことになる。現場から白雪の携帯電話が見つからなかったのは、直哉が持ち去ったからだとすれば辻褄も合う。携帯電話が指紋認証であれば、倒れた白雪の指で解除すれば通話も可能だ。

「でも、直哉君はどこにも見当たらなかった。校舎も探してみたんだけどいなくて、校門の方かなって行ってみたら、学校にパトカーが来るのが見えたの。それで私、ホワイトアップルを鞄の中に持ってたから、慌てて素知らぬふりでそのまま校門を出たんだ。ホワイトアップルは平気って白雪ちゃんに言われてたけど怖くて。そのあと家に帰って、ホワイトアップルも残ってたアップルも全部処分した」

後輩の千早が学校に着いたのは、パトカーが到着してからなので、楓子とは入れ違いになったようだ。楓子の発言に矛盾点や、おかしな部分は見当たらない。

奏音は楓子の話を聞いて首を捻っている。

「結局さ、白雪が手に入れてたホワイトアップルってなんだったの？」

楓子はわからないとばかりに首を横に振った。

ホワイトアップルはアップルのような効果があったらしいので、危険ドラッグに近いものであることは確かだろう。もしかすると、向精神薬のようなものかもしれない。ドラッグのように精神に作用する薬だが、こちらは合法的な治療薬だ。

だが、そうだとしても市販薬ではないので、医師に処方してもらう必要がある。しかも、白雪は楓子だけではなく、アップル使用者みんなに代替品として使わせようとした。向精神薬の入手はなかなか困難で、そんなに大量に手に入れられるものではない。

「カノちゃん、私、白雪ちゃんを襲ったの、鉄っちゃんじゃないと思う。鉄っちゃんは白雪ちゃんが悪くないの知ってたから、そんなことしないと思うんだ」

「……そうだね」

「白雪ちゃんを襲ったのはたぶん、危険な組織の一員だよ。部室棟に隠れてたんだ」

「えっ？　直哉じゃなくて？」

「直哉君？　どうして？」

「いや、楓子の話の流れだとそうじゃない？　あれ、私の勘違い？　白雪の携帯電話を持ち去ったとか、部室棟から出てきたの、直哉だけだったって楓子言ってたじゃん。つまり、直哉がその危険な組織の一員だったってことだとばかり」

楓子はうーんと唸って悩んでいる。

「直哉君は倒れてる白雪ちゃんを見つけて、携帯電話で警察と救急車呼んだんじゃない？　お医者さん目指してる人が白雪ちゃんにあんなにひどい怪我はさせないよ。それに、白雪ちゃんは頭殴られたせいで、喉に吐瀉《としゃ》物が詰まってたらしいんだけど、誰かがそれを指で掻き出して、呼吸できる体勢になるよう応急処置してあったって聞いたよ。そんなことに気付いて処置できるのって直哉君ぐらいだと思う」

確かに今のところ、警察と救急に電話をした人物が見つかっていない。だがそうだとしても、なぜ直哉が自分の携帯電話を使わなかったのかはわからない。

「でも、警察や救急車を呼ぶのは、鉄太にもできるんじゃない？」

「鉄っちゃんは救急車呼べても、絶対に警察には電話しないでしょ。大嫌いだもん」

直感的だが妙な説得力がある。

「あのね、カノちゃん、全部私が悪いんだよ。アップルになんて手を出したから。鉄っちゃんはね、全部任せろって言ったの。だから、あんなことになって、たぶん、任せろって言った手前引けなくなって、全部自分が背負うことにしたんだと思う」

急に感情が高まってしまったようで、楓子は大粒の涙をポロポロと零して泣き始めた。

「……全部、私が悪いんだ。白雪ちゃんに、奏音は夢を叶えるためにとても大事な時期だから内緒にしててって言われたんだけど、どうしても、私、黙ってられなくて。今日、その約束も守れずに、全部話しちゃった」

白雪が奏音に何も言わず、楓子のために一人で行動していたのもそう考えてのことだろう。その言葉を聞いて奏音はため息を吐《つ》く。

「……私のデビューの話なんて、どうでもよかったのに。結局叶わなかったんだから」

「カノちゃん、それは違うよ」

涙に塗れた眼差しで、楓子は奏音を正面から見据える。

「直哉君の医者になる夢も、私の舞台女優になる夢も、カノちゃんの歌手デビューもどうでもいいことなんかじゃないよ。みんな夢があるから前を向いて生きていけるんだから」

そして、おいおいと泣き崩れた。

これで奏音の幼馴染全員から話を聞けた。

全ての情報から論理だてて推理すれば、白雪を殴った犯人がわかるかもしれない。

けれど——

私は全身から血の気が引く。

けれど、真相を明らかにしてどうなる。

白雪を殴ったのはこの人だと指摘してどうなるのか。

私の目的は死の予兆を消すことである。

奏音の、鉄太の、礼伊の死の予兆はどうやったら消せる？

私には、わからない。

※

「看護師さんが言うには容体は安定してるって。だから、根気よく声をかけてあげたり、手を握ったりしてあげたら、それがきっかけで目を覚ますかもしれないって」

ナースステーションで話を聞いてきた奏音に連れられ、私は白雪の病室へと向かう。

ひとしきり泣いた楓子は、すっきりした顔でついてきていた。

「……志緒、顔色悪いけど、大丈夫？」

奏音に気遣われて、私は頷く。

「大丈夫」

そう答えたものの、さっきから手が震えているのをずっと隠しながら歩いていた。病院のタイルカーペットがやけにゴワゴワして足をとられそうになる。

死の予兆は目を閉じていても顔の前に現れる。だから、白雪が死ぬ運命にあれば、たとえ眠っていたとしても、私にはそれが見えるだろう。

白雪に死の予兆が現れていたらと考えると怖くて仕方がなかった。意識不明の状態にある人を前に、この人はこれから死ぬだなんて、私はどんな顔をして言えばいいのか。

そして、奏音はそれを知ったら、どう思うのだろう。自分や鉄太や礼伊に死の予兆が現れていることもショックには違いないだろうが、いつ目覚めるともしれない状態の白雪が死ぬという事実には現実味がある。元気な人と違って死を実感してしまう。奏音の心はそれに耐えられるのだろうか。

さらに、私は告げなければならない。

彼女たちに現れている死の予兆にたいして、私には何の為す術も持たないことを。

これ以上進んでも、新たに得られる情報はない。

きっと、ここが終着点だ。

それなのに、私はどうしていいのかわからないのだ。

闇雲に進んできた結果、目的地ではない場所に辿り着いて、途方に暮れている。

私はただ、白雪に死の予兆が現れていないことを祈るばかりだった。

誰にも死んでほしくない。一人でも助かってほしい。

無力な私はそれだけを願っていた。

「おじゃましまーす。入るよー白雪ー」

奏音が病室の扉を開けた。

私は逃げ出したい気持ちを堪えてぐっと拳を握り、意を決して病室に足を踏み入れる。

視線はまだ足元。いきなり白雪を直視するほどの勇気はない。

恐る恐る視線をあげていく。

小さな個室だった。ベージュ色の壁に、淡い緑色のカーテン。

開かれたカーテンから、外の光が射しこんでいる。

静寂。ベッド。横たわる少女。

ああ。

私は膝からくずおれそうになる。

横たわる少女の頭部が、完全に闇に包まれていた。

誰かが空間を黒色のクレヨンで塗り潰したみたいになっていた。

どうして、と思う。何かの間違いであってほしかった。

必死に理由を考えようとしても、頭の中は真っ白だ。

それでも思いついたのは、ここがスタート地点なのではないか、ということ。

なぜなら、白雪の死の予兆が、誰のものよりもっとも進行しているからだ。

まるで、白雪の死が幼馴染たちに連鎖していくみたいに。

なぜ？

「……志緒！　大丈夫!?」

気づけば私は床にへたり込んで、誰かに身体をゆすられていた。

「……奏音？」

その人物の顔は、全て闇に覆われている。

全く顔の判別がつかない。
けれど、声から奏音だとわかる。
さっきまでは、そうではなかった。そこまで死の予兆は進行していなかった。
おそらく——
「見えたの？　白雪に」
私のせいだ。それを彼女に気づかせてしまった。
ぐちゃぐちゃで真っ黒な死の予兆が、私を見ている。
これが死の運命だと、その闇の向こうで何かが私を嘲笑っているかのようだ。
あまりの恐怖に頭がおかしくなりそうだった。
私のせいで、奏音の死は決定づけられた。
きっと、私が与えた絶望が有瀬奏音を殺すのだ。

「……ねぇ、志緒、どうすればいいの？」
聞かれても私にはわからない。

「……ごめん」

私は彼女に死を告げただけの死神でしかなかった。

※

とても長い話だった。

夜の公園は僕たちの他に誰もいない。

全てを語り終えた遠見志緒の視線は、テーブルの上、一口だけしか手をつけられなかった彼女の弁当に注がれている。その瞳は一欠けらの光も宿していなかった。

「……それで、有瀬さんの死因はなんだった？」

酷な質問であると知りながらも、僕は聞かなければならない。

この先、彼女が生きていく上で死の運命は必ずつきまとう。

死因がわかっていれば奏音の死線は消せたのか、消せなかったのか。

それをはっきりさせなければ、彼女の眼差しはこれからもずっと下を向いたままだ。

「わからない」

「どうして？」

「だって……まだ死んでないから」

「え？　君は彼女を救えなかったって」

「うん。私は奏音を救えなかった」

「でも、まだ生きている？」

「生きてる」

確かに死んだとは言ってなかった。僕の早合点だ。

「白雪さんも？」

「生きてると思う。私の話は昨日の出来事だから。今日もお昼に奏音には連絡をいれて返信があった。白雪さんに何かあったら教えてくれたはず」

言われてみれば僕が志緒と出会ったのは先週の金曜日で、今日は月曜日。彼女の行動は休日である昨日、一昨日の話に違いなかった。

僕は心の底から、大きな溜息を吐く。

「なんだ、良かった。まだ間に合うのか」

「……間に合うって？」

志緒が訝しげな上目遣いで僕を見る。

「だって、まだ謎解きが終わってない。白雪さんを殴った人物がわからないままじゃないか。それがわかったら、死線は消せるかもしれない」

「どうしてそう思うの？」

「君は白雪さんがスタート地点だって思ったんだろ？　そこから幼馴染たちの死に連鎖していくんだって。だったら、白雪さんの死線を消せれば連鎖しない。そこがスタートなんだから。そして、白雪さんの死線は、過去の事件と無関係には思えない。殴った人物が今度こそ彼女を殺そうとしている可能性だってある。謎を解く価値はあるはずだ」

志緒は行き止まりだと思ったようだが、僕にはそう思えなかった。

周りをよく照らせば抜け道を見つけられるかもしれない。

僕は親友の言葉を思い出す。

——誰かが少しの明かりになれたら、迷い人は進むべき道を見つけられるものさ。

そうだよな、ノンシュガー。

君が僕を照らしてくれたように、僕だって誰かを照らしてあげられるはずだ。

「いくら白雪さんがいきなりモザイクだったとしても、絶望するにはまだ早いよ」

死線が頭を覆いつくして、その人物が誰かを判別できなくなった状態をモザイク。最初からそうだった場合を〝いきなりモザイク〟と表現したのだが、当の志緒は困惑しているようだ。

「諦めてしまう前に僕の推理を聞いてくれないか？」

「推理……？」

志緒の話は僕にアガサ・クリスティーの作品〝回想の殺人《スリーピング・マーダー》〟を彷彿《ほうふつ》とさせた。

　名探偵ミス・マープルはその中で新婚のグェンダの話を聞いただけで、過去に起こった殺人事件の謎を解いてしまうのだ。それが可能だったのは、謎を解くために必要十分な情報がグエンダの回想の中に存在したから。今回もそれと同様だ。志緒が集めた白雪の事件の証拠、証言、情報で推理が可能である。彼女の回想こそが打開の一手となるかもしれない。そんな努力を無駄にしないために、僕たちは今ここで推理する必要があるのだ。ミス・マープルみたいに。

「まず、それぞれの死線の状況を確認しておきたいんだけど」

ここでさっき僕が定義した死線の進行状況を使うことにする。

レベル1、黒い線が一本の初期状態。

レベル2、複数の黒い帯が顔を覆っている状態。

レベル3、頭全体が塗り潰されたモザイク状態。

「レベル3は藤野白雪、有瀬奏音。レベル1が石坂鉄太、松下礼伊。死線が現れた四人のレベルはこれで合ってる？」

「私が確認した時点では、そう」

「次に、死線のレベルの変化だけど、今回行動するにあたって、当初、奏音さんの死線はレベル2だった。けれど、彼女が白雪さんに死線が現れたことに気づいた瞬間に、レベル3に移行した」

「タイミングから考えてそうだと思う」

「奏音さんは白雪さんが死ぬのを知ったことで死に近づいた。つまり、環境の変化ではなく自身の心境の変化によって死に近づいたと言える。だとしたら、彼女の死因は——」

「自殺……？」

「その可能性が高い」

——私が与えた絶望が有瀬奏音を殺す。

志緒がそう言ったのだ。

「奏音さんはプロのミュージシャンを目指していた。シンガーとしての力量、彼女がどれだけ歌を愛していたかは君がよくわかってるはず。けれど、白雪さんとのいざこざから精神的な問題を抱えて歌えなくなり、現在はフリーターとして生活している。白雪さんが死んでしまうと、おそらく、その精神的問題が克服できないままになる。二度と歌えない。

夢も叶わない。助けようとした努力も無駄で、親友も幼馴染も死んでしまう。人生に絶望してもおかしくはない」

「誰かに殺されるんじゃなくて、自殺……」

志緒は顎に手をやって考えている。いい兆候だと思った。思考は人の足を止めない。

「鉄太さんと礼伊さんに関しては、奏音さんと死線のレベルが違うことと、自殺だと判断できるほどの要件を見つけられないから、死因を考えるのは保留。たぶん、まだ情報が足りない。一方、奏音さんの死線は、白雪さんの死線と結びついている。白雪さんの死線を消すことができたら、奏音さんの死線には良い影響が与えられるはず。だから、僕たちが優先すべきは白雪さんの死線消し。そのためにはきっと、過去の事件の真相を明らかにしなくちゃならない」

全ての死線を同時に消せればいいが、それは困難だ。手遅れになる前に、手をつけられるところからやる。もし、白雪の死がこれから起こる惨劇の根源なのであれば、それさえどうにかしてしまえば全ての事態が好転する可能性さえあった。

「じゃあ、これまでの証言を全部合わせて、事件があった当日の関係者の行動を整理してみよう」

僕は記憶を頼りに列挙した。

礼伊は朝から部室棟にある美術部の部室にいた。

昼前にトイレに向かった礼伊は、階段を上がってくる楓子を見る。

トイレから出たあと楓子の姿はなく、礼伊は美術部の部室に戻った。

午前十一時過ぎ、白雪と楓子が民俗学研究部の部室で話す。

部室棟を出た楓子は、鉄太に声をかけられ、部室棟裏手の茂みに連れて行かれる。

直哉が部室棟に入り、少し経った後に出ていくのを楓子が目撃する。

午後十二時過ぎ、楓子は鉄太と別れて直哉の後を追う。鉄太は部室棟へ移動。

パトカーが来るのを目撃した楓子は帰宅。

自宅にいた奏音に鉄太から電話がかかってくる。傍に誰かいるかを確認された奏音は、母親の声を鉄太に聞かせたあと、家を出た。

午後十二時二十分くらい、千早が学校に到着し、パトカーが止まっているのを目撃。部室棟に向かった直哉はお巡りさんに追い払われて校門へ、千早と会う。

その後、救急車が到着して、白雪を病院に搬送。

午後十二時三十分過ぎ、奏音が直哉、千早と校門前で合流。

そのまま鉄太はパトカーに乗せられて警察へ。

礼伊と美術部員が帰宅のため校門に現れる。事件のとき、部室棟に居たのは彼らだけだった。運動部の生徒たちと共に奏音たちも帰宅。

「これで間違いない？」

「間違いないと思う」

「ただ、問題になるのは誰かが嘘を吐いている可能性があること。だけど、その可能性は排除できない。誰も嘘を吐いていないかもしれないし、一人だけ、あるいは二人、それとも全員が嘘を吐いている可能性すらある。嘘を吐く理由に必然性があるはずだけれど、これでは犯人を特定できない。だったらどうするか」

関係者の行動を整理したことで、僕には犯人の目星がついていた。

志緒の話をきちんと聞いていれば、他の情報と合わせて犯人を導くことは可能だ。

他の情報とは、死線が現れている、あるいは現れていない理由、白雪の隠したモノ、証言の真偽だ。証言に関しては違和感があるので嘘があったと僕は思っている。けれど、その証言が嘘だったと決めつけられる証拠はない。

要するに確たる証拠がないのだ。僕の思う人物が犯人だとしても、動機がまだ不確かである上に、証言に嘘があれば誰でも犯行が可能だったといえる。

「まず誰の証言を信じるかが重要だと思う。君が一番信用できるのは誰？」

「奏音」

即答だった。

「理由は？」

「……事件に関わった証言者以外の証言から、事件発生時のアリバイが成立しうるのが彼女だけだから。礼伊さんも他の美術部員からアリバイを証明してもらえるかもしれないけれど、トイレに行くために部室を出てる。その時間がはっきりと断定できない。奏音の証言が嘘である可能性もあるけれど、事件に無関係な私に嘘を吐いてアリバイ工作をする必要性がない。私に関わってほしくなかったら、そもそも私が死線の話を持ち出したときに、事件のことを話さなければよかっただけ」

彼女はきちんとロジックで考えられる人のようだ。

「僕もそう思う。この中で信用すべきは奏音さんだろう」

全てを疑うことはたやすいが、何も信用せずには進めない。

もし、奏音を信用するのならば、犯人を特定するのに使える手があった。

ここで打てる最善の一手。

「〝ゴミを食って生きてるケダモノ〟に罠を仕掛けよう」

「えっ？」

突然何を言い出したのかと志緒は目を丸くしている。

「白雪さんが殴られる直前に奏音さんに残した言葉だよ。〝ゴミを食って生きてるケダモノ〟だったよね」

「そうだけど……それって何なの？」

「おそらく、白雪さんが隠したモノの在処《ありか》を示す暗号だと思う。それを危機的状況にありながら、奏音さんに伝えたことには必ず理由がある。きっと、その隠したモノはアップルに関わる何かだったから、白雪さんは自分が一番信用できる人物、今回の事件で最も無関係な奏音さんを選んだんだ」

白雪が何を隠したのかも重要である。現状では犯罪の証拠ではないかと考えられているが、白雪の行動から考えれば、それだけではないかもしれない。奏音にそれを託したのは、他の人物には渡せなかったからだとも考えられる。

「君の話に出てきたD島のゴミステーションあるだろ？　お腹が大きなピンク色の象のマスコットキャラが描かれた大きな看板があるところ。あそこにはなぜか〝掘り返し厳禁〟

の張り紙がしてあった。つまり、誰かが付近を掘り返したんだ。白雪さんが隠したモノを探して」

「あの、ピンク色の象が〝ゴミを食って生きてるケダモノ〟ってこと？　確かに鼻で空き缶を握りつぶしてたけど」

「それは違う。〝ゴミを食って生きてるケダモノ〟っぽい何かの一つなだけ。掘り返した人物は暗号が解けなくて、D島にある〝ゴミを食って生きてるケダモノ〟っぽい何かの付近を手当たり次第に掘り返しているんだと思う。だから、本当の在処を教えてやれば――」

「その人物がそこにやってくる？」

「そういうこと。だけど、それには奏音さんの協力が不可欠だ。明日は平日だけれど、僕と君と三人で出来るだけ早く会えないかな？　午前中に僕は足りない情報を集めるから、できれば午後に。詳しい説明はそのときにでも」

「足りない情報って？」

「白雪姫に毒リンゴを与えた〝魔女〟にあたる存在、アップルを売る組織の情報だよ。さすがにその情報だけは出てこなかった。知り合いに警察関係者がいるから聞いてみる。奏音さんの死線は白雪さんが死なない限り大丈夫だと思うけど、君が今から連絡をとって、もう一度戦う姿勢を見せれば自殺は防げるはずだ。きっと、彼女は君を信じてくれるから」

「……一つだけ聞いてもいい？」

「何？」

「それで本当に死線は消せるの？」

僕は少しばかり考えた。

その答えは僕の中にはない。

「変えられないのは過去だけだと僕は思ってるよ」

「わかった」

今や志緒は顔を上げて僕をまっすぐ見ている。その瞳には強い意志が宿って見えた。

ヒーローはふたたび、立ち上がったのだ。

5

学校に行かない平日の朝は最高に輝いて見えた。

ドアノブを捻り、肩を押し当て、足を踏ん張って押すことで、ギギギと音を立てて開くアパートのドアも、今日は心なしかギッくらいで開く。まるで僕の出発を祝福してくれているかのようだ。

いつもの朝だと、向かいの部屋に住んでいるおじさんが歯ブラシを口に突っ込んでオエオエと嘔吐《えず》く声が聞こえるが、今日は全く聞こえなかった。あの疲れた顔したおじさんが歯ブラシを口に突っ込んで嘔吐かないことがあるなんて奇跡ではないか。おじさんの胃液は必ず逆流するのに、そんなのは自然の摂理に反している。吉兆に違いない。

学校に行かないのであれば制服を着る意味もないので、今日は私服である。制服は窮屈だが、私服には解放感がある。僕は自由だ。

母は終電で帰宅し、始発で会社に向かう毎日なので、僕が私服で出掛けて帰ってきても何も気づかないだろう。そう考えると無断で休むことに少しばかり胸が痛んだが、人命がかかっているので母も許してくれるはずだ。まぁ、あの人は説明すれば「留年を回避できる程度に休める日を計算しておけば好きに休んでよくない？」とか言いそうではある。話すタイミングがなかっただけだ。

今日は悠々と朝食を取って、いつもの登校時間から一時間遅く家を出ている。

朝のピーク時を過ぎたので道行く人の数もまばらだ。

僕は軽やかな足取りで駅に向かう。人がいないところでは鼻歌をうたい、ときおりスキップさえした。繰り返すが人命がかかっているので、僕は仕方なく学校を休むのだ。文章で提出する必要がある場合は、人命がかかっている、というところに赤ペンで二重の傍線を引いて頂きたい。

最寄り駅は各駅停車の電車しか止まらないような小さい駅である。

乗客のまばらな普通電車に乗って、待ち合わせの駅に向かう。空いている電車はいいものだ。嚙んだガムを鞄に押し付けてくる同級生もいない。

降りたのは海にほど近い駅。改札口を出るとそこには、ヒップホップでもやってそうな格好をした屈強なゴリラが腕を組んで僕を待っていた。

「やぁ、ハナゴリラ」

「……よぉ、ダイコン」

僕は彼をハナゴリラと呼び、彼は僕をダイコンと呼ぶ。僕と彼は高校で立ち入り禁止の新校舎の屋上を支配下におくために手を組み、体育教官室から鍵を盗んだ悪党仲間である。ハナゴリラとダイコンはその際に得た栄光の二つ名だ。彼は僕よりも年上でずっと前に高校を卒業し、今は交番勤務の警察官になった。なぜ警察官になったのかを聞くと「追われ過ぎて嫌になったから、追う組織に所属すれば追われなくて済むかと思った」と犯行を供述した。獅子身中の虫というやつだろう。

「ねぇ、ハナゴリラ、チェケラッチョってどういう意味かな」

「ヒップホップやってねぇから知らねぇわ」

「でもその格好だと道端でラップバトルを仕掛けられない？」

「あのなー……」

ハナゴリラは深く溜息を吐いた。

「俺、今日は仮病で強引に休んできたんだぞ。ゴホゴホ、なんだか急に熱がってよ。生まれてこの方、風邪なんてひいたことねぇ頑丈な俺がそんな連絡したもんだから、大丈夫か、救急車は呼んだか、ってすげぇ心配されてよ、いたたまれねぇわ！　万が一同僚にでも見つかって仮病がバレたらどんな地獄が待ってるか。だからせめて顔隠してんだろが。好きでこんな格好してねぇ！」

確かにハナゴリラの顔は大きなサングラスと、黒いウレタンマスクで大部分が隠れている。反対向きに被った阪神タイガースの帽子は、彼のトレードマークである〝メ〟の形をした額の傷を半分隠していた。半袖シャツにジャージはハナゴリラのいつもの服装だ。

「でもハナゴリラ、顔を隠しても身体がゴリラだ。無理がある。人間はゴリラか人間か、ひと目で見分けられるものなんだ。嘘は吐けても、身体は正直だ。ゴホゴホもきっとウホウホって聞こえてたはずだ」

ハナゴリラは観念したのかウレタンマスクを剝ぎ取った。

「うるせぇ！　おまえはいつもうるせぇ！　わかってんだろな？　どうしてもって言うからきてやったんだぞ！　最近、頭いかれたやつら多くて、こっちは寝る暇もねぇんだ！　俺が休んだらその分、周りに負担を強いるんだぞ！　それでもおまえが――」

「ありがとう。恩に着るよ」

「……お、おう」

このゴリラは感謝され慣れていないので、素直に感謝されると戸惑う生き物なのだ。

「じゃ、さっさと行くぞ、ダイコン」

僕たちは連れ立って歩き始める。

この駅で待ち合わせたのはハナゴリラから指定があったからだ。

あたりは老朽化した建物が目立ち閑散としている。港町に隣接したこの場所は、戦後の貿易が盛んだった頃に流入してきた外国人が多く住みついている地域なのだそうだ。

「アップル流してる組織の話が知りたいんだってな？」

ハナゴリラには昨日電話で要点だけ掻い摘んで、今回の目的を話してあった。死線が見える少女の話をしたら「そりゃすげぇな」という反応だけだったので、容易《たやす》く信じたか、あるいは、深く考えるのを止めたのだろう。彼は警察官だがパワー系なので、人を疑うことは仕事ではないのだ。

「俺らが最近忙しいのは、もっぱらそれだ。ここ一年で急激にドラッグの使用者が増えた。やれ、乱闘だ、騒音被害だ、歩道橋の上に立ってる奴、全裸で歩いてる奴、全部それだ。酔っ払ってんのかと思ったら酒の匂いがしねぇ。意思の疎通もできねぇ。ガキからいい歳こいたおっさんまで、怪しいと踏んだやつら所持品検査でみんなクスリもってやがる。そいつらは口揃えて脱法ドラッグだから問題ないだのなんだの、調べりゃはっきりと薬物反応が出て青い顔だ。どうなってんだって、ソタイ、ヤクタイが躍起になって捜査してるが、捕まえられるのは末端の売人ばかりでトカゲのしっぽ切りにしかならん」

ソタイは警察の組織犯罪対策課、ヤクタイは薬物銃器対策課のことだろう。

「んで、お前の話聞けば、アップル売買の組織のネタが摑めるかもって話だ。だが俺は刑事じゃなくて交番勤務のおまわりさん。たいした情報ももってないし、そんなネタ渡されても活かせない。期待すんなって話だが――」

ハナゴリラは昔と変わらないワルそうな笑みをこちらに向ける。

「市民の命がかかってるってことなら、イチおまわりさんとして黙ってられん」

「まさか、警察官になって正義の心が芽生えたゴリラに進化した？」

「バカいってんじゃねぇ。俺が正義を名乗ったら世も末だろ。いい加減、終わりのないジャンキーどもの処理には飽きてきただけだ。俺は身体が売りだから平気だが、同僚たちはそろそろ限界だしな」

どう頑張っても、ゴリラと人間には差が生まれてしまうものだ。

そんなことを話しているうちに寂れた商店街に到達した。

通りはアーケードになっているが、どの店もシャッターがおりている。

「ダイコン、確認だが、おまえの握ってるネタ次第で話は変わってくるぞ。中身はわかんねぇって話だが、どれくらいのネタかは推測できてんだろ？」

「人を殺してでも隠したい情報、かな」

ハナゴリラはふっと鼻で笑った。

「マジかよ。口で言うほど命は軽くねぇぞ」

やがて目的地に到着したらしく、ハナゴリラが足を止めた。

そこには地下へと続く階段がある。まるで地下鉄の入口のようだ。

入口にある看板には、黒地に赤い文字で丸、その中に星が一つ描かれていた。

ハナゴリラはポケットを探ると、テントウムシの形をしたピンバッジを取り出し、自分の胸につけた。そのピンバッジには赤い星が四つ刻まれている。

「んじゃ、行くか」

地下へと進むハナゴリラの後ろについていく。

古くて黄色い蛍光灯が照らす階段を下りるうちに、なんだか香辛料のような香ばしい匂いが漂ってきた。そのうちに人の喧騒が聞こえてくる。

階段を下りきると狭いが賑やかな空間に出た。

車が通れるほどの道幅、その両脇にずらっと食べ物屋などの出店が立ち並んでいる。辺りには調理による煙がもうもうと立ち込め、蛍光灯や店先の赤い提灯が、ぼんやりと灯って見えた。粗雑な椅子と机で何かを食べている客、チャイナドレスを着たコンパニオン、麻雀を打っている者たち、怪しげなブランド品を売っている店主。彼らの口から異国の言葉が飛び交っている。地上の寂れた雰囲気とは打って変わって、地下は人で賑わっており、さながら夜市の様相を呈していた。

「何、ここ。外国みたいだ」

　思わずそんな感想が口から零れた。

「ここは〝虫目広場〟だ。紅娘《ホアンニャン》商会ってところ直下の商業施設だな」

　喧噪の中でハナゴリラが声を抑えて言う。

「わんにゃん紹介？」

　犬と猫を売買してそうな響き。

「気をつけろよ。この辺りの裏稼業ではとにかく顔が大きく手も広い組織だ。変に目をつけられたら、尻毛まで抜かれるぞ」

「生憎と尻毛は生えてないんだ」

「問題ねぇ。生やさせられた上で抜かれる」

　ヤバさがなんとなく理解できた。

「たぶん、ここならアップル売ってる組織の情報が得られるだろう」

「ここがそうってことないよね？」

「紅娘商会は金になるならどんな汚いことでも商売にするがクスリはご法度だ。ボスの琳《リン》孔明《コンミン》が、クスリは商売ではなく市場を腐らせる毒だ、って厳禁にしている。だから紅娘商会にとってアップルみたいなドラッグの蔓延は許せない。自分たちの商売の邪魔でしかないからな。たぶん、相当頭にきてる。紅娘商会は警察も迂闊に手を出せないくらいの組織だが、敵の敵は味方。わかりやすいだろ？」

目的遂行のためには清濁併せ呑む。

ハナゴリラが警察官になったのは天職に思えてきた。

キョロキョロとあたりを見回したハナゴリラは、通路脇に腕を組んで仁王立ちしている屈強そうな男の元に向かう。

「なぁ、あんた〝巨人は林檎を握りつぶしたい〟って伝えてくれ」

だが、屈強そうな男はハナゴリラを睨みつけたまま微動にしない。彼はハナゴリラより上背があり筋肉も隆々でまるでプロレスラーみたいだった。そんな男にハナゴリラは胸につけたテントウムシのピンバッジを誇示して見せる。

「星四。わかるだろ？　〝巨人は林檎を握りつぶしたい〟だ。二度言わせんな。さっさと伝えろよ。言葉通じてんのか？　ああ？」

いきなり喧嘩スイッチが入った。

僕は自然な感じでスイッと向きを変え、二人から距離を取り、無関係な人をよそおう。

ハナゴリラはたとえ言葉が通じなくても、拳で殴り合えばわかりあえると考えるゴリラなのだ。そんな野生のルールに僕のようなモヤシが巻き込まれてはいけない。

周りの通行人を見ると、ハナゴリラと同じように胸や襟元にピンバッジをつけている人がいた。ほとんどの人が星一つ、多くても二つだ。ハナゴリラの発言から察するに、星の数が多いほど序列が上なのだろう。

屈強そうな男はハナゴリラを睨みつけたまま、フシューと鼻息をもらすと、ポケットから携帯電話を取り出し、外国語で通話を始めた。こちらは話せばわかるゴリラらしい。

屈強そうな男は通話を終え、ハナゴリラと睨み合う。

野生では目を逸らした方が負けなのだ。恋人同士でもなかなかそこまで見つめ合うことはないだろう。愛が芽生え始めていてもおかしくはない。僕はその様子を窺いながら、近くの出店を覗いたりしてみる。美味しそうな焼き鳥だ。

しばらくして、屈強そうな男に電話がかかってきた。

一言だけ返事をすると、男はついてこいと言わんばかりにハナゴリラを顎でしゃくった。

「初めからそうしてろよ。この愚蠢《ユーチュン》が」

僕はスイッとハナゴリラに近づく。

「ユーチュンってどういう意味？」

「ナイスガイって意味だ」

絶対違うだろ、と僕は思った。

屈強そうな男の後ろをついて行く。幾つか路地を曲がると出店の数が減り、急に人通りがなくなった。この一帯は店舗型のお店が集まっているところらしい。

そして、通路の突き当たりにある店に辿り着いた。真っ黒な壁に格子窓がはまっており。入口は真っ赤な提灯で照らされている。金縁の看板には〝萬福飯店〟とあった。なんだか高級そうな外観に思える。

入口から狭い通路を通って、扉のない一番奥の部屋。そこで屈強そうな男は、何も言わないまま仕草で僕たちを中へと促した。

「うげ」

部屋に入るなり、ハナゴリラが先ほどとは打って変わった情けない声を出す。

「こんな美人を見て、うげ、とは何か？　〝巨人《チュイレン》〟」

鈴を転がすような声。

白いシャンデリアに照らされた円卓には、中華せいろが幾つか並べられ、長い黒髪の少女がそこで一人食事をとっていた。少女の黒いサテン生地の高級そうなチャイナドレスには、真っ赤な曼殊沙華《まんじゅしゃげ》があしらわれている。切れ上がった瞳の端、可愛らしい顔立ちなのに、赤いアイシャドウが艶めかしい。

少女はレンゲに乗せた小籠包を箸で摘み上げ、一口齧《かじ》った。

「んー、好吃《ハオツー》」

小籠包から零れたスープをレンゲで受け止め、花が咲いたように顔をほころばせる。

「いや、あんたが出てくんの、おかしいだろ……」

「〝巨人は林檎を握りつぶしたい〟聞いたネ？　くだらない毒林檎に爺爺《イェイェ》は大層お怒りなんだヨ。私に骨折《ほねお》れ言う。毎日忙しいオマワリサン、わざわざお越しになられました。食事中？　関係ナイ。私の出番ネ？」

少女はコロコロと笑って箸とレンゲを置いた。

僕とそう歳は変わらないように見える少女だが、どのような人物なのだろうか。

ハナゴリラのこんな困った顔は初めて見た。

そこから察するに相当な厄介な人物であることは間違いない。

「さて、席についていただける？　巨人《チュイレン》とアナタ？」

そう促されて、ハナゴリラと僕は少女の対面に着席する。巨人《チュイレン》はハナゴリラの呼称で間違いないようだ。意味はわからないが、どうせ過去に暴れまわったことでついた呼称だろう。容易に想像がつく。

「はじめまして、私、琳鈴麗《リンリンリー》。どうぞよろしくネ」

少女は僕に向かって微笑んだ。

吊り上がったその真っ赤な唇に僕は目を奪われる。

「真《ま》縄《なわ》有《ゆう》一《いち》」

その唇からふいに、人の名前が飛び出してきた。

「いきなりかよ！」

ハナゴリラが阪神タイガースの帽子を脱いで頭をガシガシと掻いた。

「渡せるネタもう決まってるネ。そいつがアップル流してる。巨人《チュイレン》はご存じ？」

僕たちがここに来た目的を彼女はすでに察しているらしい。

「ご存じも何も、真縄組の組長だろ。トラブルメイカーで有名だ。店で暴れてる客がいるって通報があって、顔を見たことがある。そんときに先輩に教えられた。アイツの顔は憶えとけ、そのうち必ずなんかやらかすからなって」

そこでハナゴリラは、僕に視線をやって説明する。

「真縄組は戦後からこの地域で幅を利かせている、いわゆる指定暴力団ってやつだ。一年前に組長の真縄正蔵《しょうぞう》が死んで、息子の真縄有一が跡目を継いだ。有一はわかりやすい単細胞バカでな。組織はまとまらず内部でごたごたが続いてたって話だ。でも、最近はすっかりおとなしくなったって聞いてたが」

「アップルに有一がかかわてるの、警察も摑んでるネタよ。たいした情報じゃないネ。有一は愚蠢《ユーチュン》、捕まえるの簡単。でも、一年ほど前に優秀な脳みそ《ブレーン》がついたんだヨ。〝クロウ〟って呼ばれてるネ。こいつが厄介《マァファンダ》。アップル流通させる仕組みも全部こいつ考えたんだヨ。クスリで稼いで組織立て直した。ただ、どこからやてきたか、表にもでてこない。容姿不明、分かてるの名前だけ、慎重で有能で臆病。正体摑めないネ。でも、逃せない。こいつ逃したら繰り返す。だから、私たち、警察、二の足踏んでるヨ」

〝鴉《クロウ》〟だろうか。白雪姫に毒リンゴを与えた〝魔女〟の真縄組。はからずしも、鴉は魔女《ウィッチ》の使い魔だ。

「私たち、クスリとコロシやらない。クスリの蔓延、迷惑ヨ。警察と協力、やぶさかでないネ。でも巨人《チュイレン》、交番のオマワリサン。つれてくるなら、もと上の人ネ？　だから私、言いたい。〝巨人に林檎は握りつぶせない〟ヨロシ？」

彼女はハナゴリラに手を出すなと忠告しているのだ。

「一つ聞いてもいいですか？」

「おい、やめとけ、ダイコン」

　急に口を挟んだ僕をすぐにハナゴリラは止めた。

「一つ話を聞いたら、その倍は何かを要求されるぞ」

「それ心外。貸し一つは一つ、商売、信用大事。聞いてもいいヨ。初回サービスで答えるネ？」

「真縄有一は人を殺しますか？」

「やるヨ。有一の指示で過去にネ。下っ端が名乗り出て犯人逮捕、無事解決」

　とくに動じるふうもなく、鈴麗はさらりと答えた。

　真縄有一は殺人も厭わない非情な人物。それは僕の知りたかった重要な情報だ。

「……おいおい、やべぇ話だな」

　ハナゴリラは腕力で解決できないものごとには危機感を抱く。

「じゃあ、もう一つ」

「やめとけって、ダイコン。こいつに一度目をつけられたら死体になるまで甘い汁を吸われ続けるって話だぞ」

「真縄有一が学生をドラッグの売人にすることは？」

　ハナゴリラの忠告は無視する。

「勿論あるヨ。下っ端の仕事ネ。クラブで声かける。ぶつかって服が汚れたなんて言い掛かりつけて捕まえる。きっかけはなんでも、方法は古典的、クスリ渡して依存させるんだヨ。そのうち、お金足りなくなて、売人になるネ」

「最後にいいですか？」

「三つはやめとけって、ダイコン。三つはさすがに……」

「あなたが林檎を握り潰すには何が必要ですか？」

鈴麗は瞳をスッと細めて微笑する。

「……クロウの正体わかる確定的情報だけでいいネ。私たち、コロシはやらない。有一、クロウ、真縄組、警察が捕まえる、もしくは、私たち〝処置〟する。これ、平和的解決」

アップル売買に関わった藤野白雪が隠したモノ。それを探している人物は、白雪の家に盗みに入ったり、ゴミステーション付近を掘り返したりと相当執心である。もしそれが、アップル売買に関わる組織が秘匿したい情報なのであれば、そこにクロウの正体に繋がる情報が存在してもおかしくはない。

ただ、そうだったとしても、この鈴麗にその情報を渡すかは慎重に判断しなくてはならないだろう。それはまさしく裏の手であり、普通に考えれば警察に渡すのが無難だ。

「アナタ、名前は？」

考える僕をじっと見ていた鈴麗はそう聞いた。

僕が名乗ると彼女はクスクスと笑う。

「面白い名前。スイート《甘いのね》？」

そう。推理する人と書いて、佐藤推人《さとうすいと》だ。

妊娠糖尿病と診断された母は好物である甘味を制限され、寝言で「ケーキ、プリン、アイス……」と呟くほど欲していたらしい。ぼーっとしていると甘味のことを考えてしまうので、母が取った行動が推理小説を読んで気を紛らわせることだった。妊娠時は甘味と推理小説のことしか考えてなかった母は「推理する人でスイートになるじゃん」とふと思いつき、ケラケラ笑ったあと、僕にそう名付けることにした。自分の膨らんだお腹に入っているものが、凝縮された甘味《スイート》であると思い込むことで、こいつを産んで体外に排出したら、満足するまでスイーツを補給できるのだと言い聞かせて我慢したのである。「推人《スイート》、早く出ておいで。私のスイーツのために」かくして、佐藤推人は生まれた。

鈴麗が小さく手をあげると、どこで見ていたのか真っ赤なチャイナドレスの給仕が二人現れて、円卓上の料理を片付け始めた。冷めてしまっているが一度も手をつけられていないものばかりだ。料理を全て片付けてしまうと、給仕たちは三人の前に湯飲みをおいて、湯気の立つ飲み物を注いでいく。

部屋にふわりと良い香りが漂った。

鈴麗は湯飲みを手に取ると、一口飲んだ。

「佐藤、また逢いましょう《ツァイチェン》」

※

ハナゴリラと別れてモノレールに乗った。

彼はこれから組織犯罪対策課の先輩とコンタクトをとってくれるらしい。

琳鈴麗《リンリンリー》は紅娘《ホァンニャン》商会のボス琳孔明《リンコンミン》の孫娘であり、若くして裏社会に通じ、懐刀として手腕を発揮している人物なのだそうだ。ハナゴリラは「知らねー知らねー俺は何も悪くねー」と多くを語らなかったが、僕にはそれほど悪い人物に思えなかった。

僕はこれからD島で遠見志緒、有瀬奏音と合流する予定である。

これから藤野白雪が奏音に残した〝ゴミを食って生きてるケダモノ〟という言葉の謎を解いて、彼女の隠したモノを手に入れなければならない。奏音の幼馴染たちに現れた死線を消すには、それが絶対に必要だと考えていた。

言葉の謎を解く鍵は、奏音が口癖のように吐露する想いだ。

白雪はそれを逆手に取って、奏音だけが解けるような暗号にしたのだろう。そこには白雪から奏音へのメッセージも込められている。その推理があっているかどうかは、蓋を開けてみないことにはわからないが、死線がレベル3になった白雪や奏音に残された時間がそう多くないことは確かだった。

ここからの僕の采配がまさに運命を左右する。

僕の肩に複数の人命がのしかかっていることに、思わず身震いした。

志緒はいつもこのような思いで生きてきたのか。

これだけやっても死線が消せないのであれば、絶望するのに充分だろう。

本当に誰も死なない結末を迎えられるのか。

正直なところ、不安で仕方がなかった。

待ち合わせは志緒の話にも出てきたパスタのお店である。

もうすぐ昼という頃合い。僕が到着したときには、志緒と奏音二人の姿が席にあった。

名乗った僕を奏音は訝し気な目で見る。志緒は彼女に僕のことをどう説明したのだろうか。奏音の表情は暗い。当然のことながら、いつも持ち歩いていたはずのギターケースの姿はどこにもない。

ついでに昼食をとれればと思っていたが、志緒も奏音も食欲がないようで、テーブルの上にはホットコーヒーが二つ置かれていた。そんな二人を尻目に僕だけが昼食をとるわけにもいかないので、昼食時のお店には申し訳ないが、僕もホットコーヒーを頼んだ。

「えっと、頼んだものは持ってきてもらえた？」

志緒にそう声をかけると彼女は頷いて、鞄をテーブルの上に置いた。

「暗くても撮影できるコンパクト監視カメラ、ワイヤレス対応で無線距離は最大三百メートル、配線不要、映像は本体録画可能で、携帯電話やタブレットからも確認、録画できるんだって」

彼女が鞄から取り出したのは片手くらいの大きさの監視カメラである。

「そこまで本格的な監視カメラを用意してくれるとは思ってなかった」

「パパに頼んだら用意してくれただけだよ。さっき動作確認して使えたから、たぶん大丈夫だと思う。モバイルルーターと、タブレットも持ってきた」

頼んですぐに高性能監視カメラを用意できるパパとは一体。

「ねぇ、罠を仕掛けるって志緒から聞いたんだけど、どういうことなの？」

監視カメラを手に取って見ていた僕に、奏音がそう話しかけてきた。

「藤野白雪さんが隠したモノを探している人物を、このカメラで録画しようと思うんです」

「どうやって？」

「藤野さんが有瀬さんに電話で伝えた言葉がありますよね？　〝ゴミを食って生きてるケダモノ〟って言葉です。あれが隠し場所がわかる暗号なんです。たぶん」

「たぶん？」

「確認してみないとわからないので」

「どうやって確認するの？」

彼女は僕に聞きたいことだらけのようだ。

「有瀬さんにとって、夢ってなんですか？」

「え？　何、いきなり。夢は夢じゃん」

「遠見さんから話を聞く限り、そうは言ってなかったですけど」

「私、何か言ったっけ？　夢……？」

奏音は悩んでいる。

志緒がそこで思いついたらしく口を挟む。

「奏音、鉄太さんに、夢なんて叶わなければゴミになるだけ、って言ってた」

「……ああ、うん。そうだね。確かに言った。だってそうじゃん。夢が叶えられる人なんてほんの一握りでしょ。普通の人には人生の邪魔にしかならない」

「そのイメージは以前に藤野さんから聞いた、夢の島がゴミの島になってしまったって話に引きずられていると思うんです。それでよく有瀬さんは、夢のことをゴミだって表現しますよね」

「そうかもね。なんかリアルだし……それが？」

どうやら彼女の気に障ってしまったようだ。

「夢＝《イコール》ゴミだったら〝ゴミを食って生きてるケダモノ〟はどうなりますか？〝夢を食って生きてるケダモノ〟に心当たりは？」

「夢を食って生きてるケダモノ……？」

奏音の瞳が大きく見開かれる。

「白雪が作った〝獏〟だ！」

中国の伝承生物である獏は夢を食べる。ただ、獏が食べる夢は願望ではなくて、眠っているときに見る夢だが、これは暗号なので関係ないだろう。

「藤野さんは結構いたずら好きで遊び心があるんですよね？有瀬さんは空き缶の上に紙粘土を貼り付けて貯金箱とか作ったことないですか？もしかしたら、藤野さんの作った獏にはそういうギミックが仕組まれているかもしれません」

白雪が隠したと思しき〝ドラッグ売買の犯罪の証拠〟は、彼女にとってどんなものだったのだろうか。親友を危険な目にあわせる悪魔のクスリ。それを売買する組織の情報。彼女にとって、唾棄すべきゴミのようなもの。夢を食べて生きる獏のお腹の中にそんな〝ゴミ〟が入っていれば、それはゴミを食ったケダモノだともいえる。

「藤野さんが隠したものを見つけるついでに、彼女を殴った犯人を特定するためにその暗号を使います」

「そんなことができるの？　もしできるなら、それって、白雪は自分でそいつに復讐できるってことじゃん」

奏音の僕への眼差しが打って変わって、期待に満ちたものになる。

「大事なのは〝ゴミを食って生きてるケダモノ〟という言葉を知っているのは誰かということです。藤野さんは殴られる直前に有瀬さんに電話をかけて、その暗号を伝えました。その現場にいたのは——」

「あ、犯人も？　つまり、犯人と私だけが知ってる暗号なんだ？」

「そうです。犯人がその言葉を知っていることは、このD島の〝ゴミを食って生きてるケダモノ〟っぽい何か、たとえば、ゴミステーションの、ゴミを食べているように見えるピンクの象の看板付近が掘り返されたりしていることから推察できます。ゴミを夢に置き換えるという解き方を知らないため、そのままをヒントとして捉えているんでしょう」

けれど、奏音の幼馴染であれば、白雪が文化祭で貘を作ったことを知っており、〝ゴミを食って生きてるケダモノ〟から運よく辿り着ける可能性はある。だが、白雪が堂々と犯人の前で暗号を口にしていることから、彼女には犯人が辿り着けない自信があったはずだ。おそらくだが犯人は、白雪の隠したものは、片手に余る程度の大きさの〝貘〟の像には入らないようなものなのだと考えている。それなりの量があって幅を取るもの。たとえば、危険ドラッグ売買組織の売上金であるとか。そう考えているからこそ、〝貘〟の像は、探し物の在処に結び付かなかったのではないだろうか。

「犯人は〝ゴミを食って生きてるケダモノ〟という暗号を知っている者です。そして、その人物は有瀬さんの幼馴染の中にいる可能性が高い。そこで、有瀬さんが〝ゴミ＝夢〟に置き換えれば暗号が解けることを彼らに伝えればどうなるか。藤野さんの隠したモノを躍起になって探している人はたくさんいますが、暗号を知っている犯人だけが貘に辿り着けるんじゃないでしょうか」

「そこに罠を仕掛ける？」

「はい。たとえば、事件直前に藤野さんが、夢の島がゴミの島になったって話を絶対に憶えていてほしいと言っていた、という情報を渡すんです。何か知らないかと聞かれたので思い出したと。それで足りなければ、高校の部室に行ったら文化祭のときに作った像が飾られていた、なんてことを追加でそれとなく。あくまで自分にはそれの意味することが分からないふりをよそおって」

白雪が直前に誰に電話を掛けたのか、犯人が気にならないはずがない。〝ゴミを食って生きてるケダモノ〟が暗号であるとは、そのとき気づかなくても、携帯電話に犯行時のどんな音が拾われているかもしれず、通話相手の確認を怠ったりはしないだろう。

襲われている最中に白雪自ら通話を切ることは考えにくい。状況から考えれば通話を切ったのは犯人だと考えるのが自然だ。であれば、当然、ディスプレイには奏音の名前が表示されていたはずだ。そうでなくても、倒れた白雪の指で指紋認証も突破でき、携帯電話の着信履歴を調べることは容易である。

白雪がわざわざ奏音に伝えた言葉。

暗号ではなく、犯人の名前を呼べば事足りたはずだが、彼女にとっても、まさかその人物が自分を意識不明の重体に陥るほどの危害を加えるとは、思ってもみなかったのかもしれない。暗号は万が一の保険だった可能性が高いだろう。

「暗号が解けたなら、犯人はきっと手掛かりを求めてやってくるでしょう。そこを監視カメラで捉える」

この事件に関わった者に死線が現れている、つまり、人が死ぬほどの重大な秘密がそこに眠っているのだ。半年も探して見つけられなかったモノの手掛かりが奏音によってもたらされれば、犯人はすぐにも行動を起こすに違いなかった。

「それで白雪を殴った犯人が判明する？」

「現場に現れたら、間違いなく犯人です」

奏音は深く溜息を吐いた。白雪を殴った犯人は見つかって欲しいが、それは幼馴染の誰かなのだ。素直には喜べない気持ちはわかる。

「犯人を見つけてどうするの？」

「皆さんに現れている死線を消します。それ以上のことは何も。過去の事件は解決済みですし、これは言わば、未来に起こる事件を防ぐための犯人探しです」

「シセン……？」

「遠見さんに見えている死の予兆のことです」

「えっ、消せるの？」

「たぶん」

実績がないのでそうとしか答えようがない。

「志緒、この人何なの、誰？」

「佐藤くん」

「いや、そうじゃなくて、なんかすごくない？　虫も殺せませんみたいな顔して、策士過ぎない？　どこで拾ってきたの」

「高校の屋上」

「なんで拾ってきたの。なんか騙されてない？　信用して大丈夫？」

「たぶん、大丈夫」

僕の扱いがひどくて、そこそこ悲しい。

「でもまぁ、わかった。だから今日ここで集まったってわけね。ちーちゃんに連絡して、部室に連れて行ってもらって、獏の中身を確認する。そして、監視カメラを仕込む。あ、ちーちゃんは犯人じゃない？」

「はい。佐々木さんには全く動機がないので、おそらくですが。協力してもらいましょう」

「……そう。それはよかった。ちーちゃんだったら、誰も信じられなくなるところだった。なんか、お腹空かない？　せっかくだから何か食べよう。長い一日になりそうだし」

奏音はそう言ってメニューを手に取った。

犯人はいつ奏音が獏に辿り着くかと気が気ではないだろう。空き巣まで実行した人物である。僕は今夜にでも部室棟に侵入するのではないかと考えていた。もしかしたら、千早を頼って正々堂々と部室を訪ねるかもしれないが、別にそれでも構わない。要は獏に手を出すかどうかだ。

ちらりと志緒を見る。

志緒は微かに首を横に振った。

明るく振る舞っているだけで、奏音の死線は消えていない。

たぶんとかおそらくとか、そんなことばかり口にしている気がするけれど、たぶん、彼女の死線消しが一番難しいと僕は思っている。

「あー、今夜は学校近くで監視しないとか。バイトのシフト入ってるんだけど、休まないといけないなぁ」

困り顔の奏音に志緒は何でもないことのように言う。

「時間が無理そうなら監視はウミネコに頼んでもいいよ。そういうの得意だから」

「ウミネコ？」

「うちの使用人」

「えぇ……？」

※

「なんなんすか、この間来たばかりじゃないっすか、まじで勘弁してくださいよ。いくらなんでも昼休みに一般人を忍び込ませるとか、さすがにヤバいですって。見つかったら絶対怒られるじゃないすか。いや、無理がある。このスニークミッションは無理がある。インポッシブル！　アイキャーント！」

などと佐々木千早は恨み節を言っていたが、駅前の書店で購入した『世界のUMA大辞典』税別四千七百円をプレゼントしたら「まぁうちは自由な校風ですから」と快く部室棟まで手引きしてくれた。

「ええっ、部室に監視カメラを仕掛けるんですか？　なぜに？」

「私たちの作った五体の像が盗まれるかもしれないんだ。ほんの少しの間だけだから、ちーちゃん、協力して。あと、仕掛けてる間は他の部員にここで着替えとかさせないように」

「いや〝麒麟〟は確かにかなりの出来ですが……そんな、盗むほどの？」

千早は『世界のUMA大辞典』を大事そうに胸に抱えながら首を傾げている。

「うん。事情があるんだ。監視カメラのことは、誰が訪ねて来ても秘密にしておいて。そうしないとまた白雪が襲われる可能性があるから」

「白雪先輩が？　……よくわかりませんが、大変そうなのはわかりました」

時間に余裕がないので僕たち三人は手早く作業に取り掛かった。

奏音は電源コードを繋いで監視カメラを設置する。コンパクトかつ黒色なので目立たなそうだ。夜であればなおさら分かり難いだろう。志緒はタブレットで監視カメラの映像を確認し、侵入者の顔が映る位置を奏音と協力して探っている。

一方、僕は展示用のプラスチックケースの五体の像を確認していた。

麒麟、白澤、獏、霊亀、鳳凰。鳳凰のところで〝小籠包と餃子〟が先に想起され「んふっ」と口から変な息が漏れる。慌ててにやけた表情を取り繕った。

早速、プラスチックケースを外して獏を手に取る。

白と黒に体色を塗り分けられた、マレーバクのような獏だ。よく見ると、その白と黒の塗り分け部分に切れ目がある。捻ってみた。獏の上半身と下半身が分離する。像の中には茶筒のようなものが仕込まれていた。

「わ！　そんな仕掛けが？」

いつの間にか背後に近寄ってきていた千早の声に僕はびっくりする。

奏音と志緒の視線が僕に集まった。

獏の中に入っていたのはＵＳＢメモリと小さな紙切れだ。その紙切れを見ると『林檎は海に捨てた』とだけ書かれてある。

僕は彼女たちに頷き返す。

これが白雪の隠したモノで間違いないだろう。

「このメモリの中みたいんで、そこのノートパソコン使わせてもらっていいですか？」

「あー、いいですよ。ロック外すんでちょっとお待ちを」

千早がノートパソコンを起動してくれる。

その間、僕は『林檎は海に捨てた』と書かれた紙切れだけを再び獏の中に入れて元の位置に戻し、プラスチックケースを被せた。なぜそんなことをしたのかというと、こうするだけで死線が消せるかもしれなかったからだ。紙切れに書かれた言葉は、そのまま、危険ドラッグのアップルは海に捨てた、という意味だろう。犯人の探し物がアップルだったのであれば、それでもう入手不可能であることが伝えられる。死線の原因が、白雪の隠したアップルを探すために行われる殺人であれば、被害者の死線は消えるはずだ。

千早が起動してくれたノートパソコンに僕はメモリを差し込む。

奏音と志緒も中身が気になるのだろう、作業の手を止めてこちらに寄ってきた。

メモリの中には幾つかのファイルが入っている。

「うわ。これ、絶対やばいやつじゃん」

覗き込んだ奏音がそう呟く。

売買記録、顧客名簿、真縄組構成員名簿、資料、通達。そんな名前がついたファイルを一つずつ開いて確認していく。どれも危険ドラッグ売買に関する犯罪の証拠のようだ。白雪が危険ドラッグ売買に関与していたのは間違いないだろう。

奏音の幼馴染たちに現れた死線は、白雪が隠したモノによって引き起こされる死の運命だと僕は考えていた。真縄組の真縄有一は殺人をも厭わないという。直接的か、間接的かわからないが、幼馴染たちは彼によって、未来、命を落とすことになるのではないかと。

もし、そうなのであれば、完全に真縄組を潰すことで、死線が消せるかもしれないと思ったのだ。真縄組、有一、クロウ、そのような組織が完全に壊滅できれば、白雪の隠したモノ、すなわち、危険ドラッグ売買の犯罪の証拠は無価値になる。命をつけ狙われたり、脅かされたりすることもなくなるはずだ。

だから、僕が欲していたのは〝クロウの正体に繋がる情報〟である。鈴麗はそれがあれば、警察、紅娘商会が動けると言っていた。裏を返せば、その情報が摑めない限り動けないということだろう。いつかは警察も動くかもしれない。けれど、そうなる前に、白雪に現れたレベル3の死線が彼女を死の運命へと誘《いざな》ったらお終いだ。

まずは警察に〝クロウの正体に繋がる情報〞を渡す。それでも死線が消えなければ紅娘商会に渡す。表と裏とで念入りに組織を壊滅させてみる。試してみる価値は充分にあるはずだ。

けれど――

僕は開いたすべてのファイルを閉じる。

ざっと見た限り〝クロウの正体に繋がる情報〞は見当たらなかった。

犯人が躍起になって探していたのは、これで間違いないのだろうか。

「佐藤くん、必要なものは全部見つかった？」

僕の顔色を察して、志緒は心配そうな顔でそう聞いてくる。

白雪事件の犯人を特定しただけでは死線は消せないだろう。

死線消しには〝クロウの正体に繋がる情報〞が必須だ。

では、どこから手に入れる？

「そうだね。あと必要なのは――」

それは、ミステリに必ず存在するもの。

誰も死なないミステリーにだって必要らしい。

「名探偵、皆を集めてさてと言い、ってやつかな」

情報がなければ、情報を持っている者から引き出すしかない。

6

佐藤くんは、死線を消すのは君だ、と言った。


死線と戦ってきたのは私。

死の予兆が見え、死の運命に抗い、翻弄され、打ち破れて、悔し涙を流してきたのも私。

それでも立ち上がって、ここまでやってきたのも私。

だから、死線を消すのは私でなくてはならない。

私にしかできないことだ。


すう、と息を吸い、大きく吐く。

胸につけた集音マイクは彼に声を届けるだろう。

耳につけたイヤフォンは彼の声を私に届けるだろう。

けれども、これから死線を消すのは私だ。他の誰でもない私だ。
うまくできるかはわからない。
うまくできるとも限らない。
死の運命に勝てたことなんて一度もない。
私は、私が看取ってきた彼らの、彼女たちの命を想う。
摑めずに手のひらから零れ落ちていった命のことを想う。
火事に追われ、旧校舎の屋上から傘を持って飛び降りた大切な幼馴染のことを想う。
武《む》東《とう》一歩《いちほ》。
あなたが願った、誰も死なないミステリーはこの世界のどこにもなかった。
だから、あなたは死んでしまった。
世界はとても残酷で冷酷で非情なのだろう。
死は誰にでも訪れるものなのだろう。
運命は受け入れるしかないのだろう。
私にできることは限られている。

それでも——

誰も死なないミステリーをあなたに。
――あなたに、捧げよう。

だって、変えられないのは過去だけなのだから。

「さて、みなさん、私の話を聞いてもらえますか？」

これから私は、未来を変える。

※

朝の光が射し込む病室にいるのは――
部屋の隅の丸椅子に座る〝らんぼうもの〟石坂鉄太。死線レベル1。
ベッドの傍に立つ〝うたじょうず〟有瀬奏音。死線レベル3。
しかつめらしい顔で腕を組んでいる〝まじめ〟雨宮直哉。

居心地悪そうにしている〝なきむし〟新居楓子。

ポケットに手を突っ込み壁に背を預ける〝おちょうしもの〟松下礼伊。死線レベル1。

ゆっくりと呼吸を繰り返す〝眠り姫〟藤野白雪。死線レベル3。

そして、私。

幼馴染である〝五人の容疑者〟たちは、顔を合わせても口数少なく、ぎくしゃくとした雰囲気が漂っていた。

「今日集まって頂いたのは、半年前に藤野白雪さんが襲われた事件の真相をお伝えするためです」

私の言葉に彼らが反応する。

「真相なんかあるかよ」と吐き捨てる鉄太。

「いいから話を聞いてあげて」と窘《なだ》める奏音。

「会社を休んできただけの価値はあるんだろうな」と不満気な直哉。

「真相、あるんだ……？」と物思いに沈む楓子。

「こういうことはこれで最後にしてほしいな」と興味なさげな礼伊。

「きっと皆さんが知りたかったことが明らかになると思います。なので、どうか最後まで聞いてください」

誰も何も言わなかった。

平日であるにもかかわらず、奏音の「幼馴染が全員集まって白雪のお見舞いをしよう」という呼びかけで彼らはここに集まった。各自、何かしら知りたいことや思うことがあったからこそ、やって来たに違いない。ただ、面識はあるにしても、全くの部外者である私が話し始めたのが気に障っただけだろう。

「では、まず、皆さんから聞いた当日の出来事を整理します。もし、何か認識違いがあれば、遠慮なく言ってください」

そして私は、以前佐藤くんが挙げたのと同じように、関係者の行動を列挙する。

礼伊は朝から部室棟にある美術部の部室にいた。

昼前にトイレに向かった礼伊は、階段を上がってくる楓子を見る。

トイレから出たあと楓子の姿はなく、礼伊は美術部の部室に戻った。

午前十一時過ぎ、白雪と楓子が民俗学研究部の部室で話す。

部室棟を出た楓子は、鉄太に声をかけられ、部室棟裏手の茂みに連れて行かれる。

直哉が部室棟に入り、少し経った後に出ていくのを楓子が目撃する。

午後十二時過ぎ、楓子は鉄太と別れて直哉の後を追う。鉄太は部室棟へ移動。

パトカーが来るのを目撃した楓子は帰宅。

自宅にいた奏音に鉄太から電話がかかってくる。傍に誰かいるかを確認された奏音は、母親の声を鉄太に聞かせたあと、家を出た。

午後十二時二十分くらい、千早が学校に到着し、パトカーが止まっているのを目撃。部室棟に向かった直哉はお巡りさんに追い払われて校門へ、千早と会う。

その後、救急車が到着して、白雪を病院に搬送。

午後十二時三十分過ぎ、奏音が直哉、千早と校門前で合流。

そのまま鉄太はパトカーに乗せられて警察へ。

礼伊と美術部員が帰宅のため校門に現れる。事件のとき、部室棟に居たのは彼らだけだった。運動部の生徒たちと共に奏音たちも帰宅。


「いきなり認識違いがあるな」

直哉がうんざりといった様子で溜息を吐く。

「俺はあの日、部室棟には入っていない。楓子は誰かと見間違えたんだろう」

「いや、嘘を吐くな、直哉。俺も見たぞ」

すぐに鉄太が割り込んだ。

「お前は部室棟に入って出ていった。真相なんぞに俺は興味ないが、それは事実だ。お前と違って俺は視力がいい。見間違えるはずがねぇ。部室棟に入ったっていいじゃねぇか。それがなんなんだ。事件が起きたのはそのあとで、俺が殴ったんだからな」

直哉は鉄太を黙って見返す。

「鉄っちゃんこそ嘘はやめてよ」

ムッとした顔で楓子が言う。

「白雪ちゃんは応急処置されてたって聞いたよ。そんなの鉄っちゃんには無理でしょ。そもそも、白雪ちゃんを殴ったのは鉄っちゃんじゃない。どうせ直哉君がやったと思いこんで庇ってるだけでしょ」

「は？　俺はバイクの免許もってるんだぞ。それくらいできるわ」

「なんで自分で殴っといて、応急処置やるの？」

「それは、ついカッとなって……そのあと我に返ったからだ」

明らかに鉄太は口ごもる。

「なんでついカッとなったの？　鉄っちゃんあのとき、私が白雪ちゃんを守ってあげてって言ったら、全部任せろ、って言ってくれたじゃない。正反対のことしてるんだもん。そんなの絶対信じられないよ！」

「まぁ、落ち着きなよ、楓ちゃん」

見かねた礼伊が止めに入った。

「もしさ、直哉が応急処置したんだとしたら、白雪ちゃんはそのときすでに誰かに殴られてたってことになるよね。直哉の前に白雪ちゃんに会ったのって楓ちゃんでしょ？　僕は楓ちゃんの姿を見てるよ。それって普通に考えたら、白雪ちゃんを殴ったのは楓ちゃんってことにならない？」

「でも……私じゃない。私には、白雪ちゃんを殴る理由なんてないから」

いきなり、それぞれ抱えていた思いが噴き出す形で、意見がぶつかり合っている。

「それっぽい理由ならあるよ。楓ちゃんが、白雪ちゃんから買ってたダイエットの薬、危険ドラッグのアップル、もう売らないって言われて、カッとなったのかもしれないしさ」

楓子が青ざめた。

「いやだからさ、どーでもいいんだって」

鉄太が苛立った声を上げる。

「白雪を殴ったのは俺で、罪を認めて、裁判にかけられて、少年院に行った。事件はそれで終わりじゃねぇか。俺がやったって言ってんのに、いまさら誰がやったとか、こんなところでくだらねー言い合いしなくていいだろ」

「ねぇ、鉄太、それガチで言ってる？」

黙って聞いていた奏音が口を挟む。

「もし、あんたが本当にやったんなら、それで償いになるかもしれない。罪を認めて反省して償うって決めた。そのことにたいして私はとやかく言わない。でも、あんたじゃなくて他にいたら？　そいつは反省したの？　罪を償った？　あんたがやったことって、そいつが立ち直るための過程をただ奪っただけってことにならない？　あんたにとっちゃ、誰がやってたって一緒だもんね。幼馴染の誰がやってても構わない。仲間だから庇うんだ。バカだから、何にも考えずに体がそう動いたんでしょ？」

彼女は思いの丈をぶつける。

「もしかして、あんた、白雪がこのまま目覚めないとか思ってる？　目覚めたら、あんたが犯人じゃないってことがわかるんだよ？　白雪のことは考えた？　自分を殴ったやつが罪に問われずにのうのうと生きて、これから先も罰を受けることがないってことの意味、ちゃんと考えた？　くだらないことをしたのは誰よ。そのせいで話が余計にこじれたんでしょうが。どの口が事件は終わったなんて言ってんの」

　鉄太はムスッとした顔で口を閉ざす。

『いい感じに白熱してるね』

　イヤフォンからのんびりした佐藤くんの声が聞こえて、神経過敏になっている私は少しだけ眉を顰めてしまった。当人はそんなつもりないのだろうけれど、まるで他人事のように聞こえたからだ。付き合いが浅いせいもあって、彼が何を考えているのかよくわからない。わかるのはものすごくマイペースな人だということくらいである。本当にこの人を頼りにしていいのか、不安に思ってしまう。

　誰も喋らなくなってしまったので私は話を進める。

「白雪さんを襲ったのは誰かをはっきりさせる方法があります」

『待って。それはまだ早い』

　すぐに佐藤くんに止められる。

　なぜ、と私は思った。それが誰かである証拠はすでに握っているのに。

『証拠を突き出せば犯人はたやすく判明する。だけど、君の目的は死線を消すことだろう？　事件の謎を解き明かす前に犯人を暴露してしまったら、非難合戦が始まるだけだよ。まず明らかにすべきは〝なぜ藤野白雪は襲われたのか〟かな。落ち着いて。焦らずにゆっくりいこう』

向こうの意思はこちらに伝えられるが、こちらから向こうに伝える術はない。

私は彼の言葉に従うことにした。

「……そのためにまず、白雪さんがなぜ襲われたのかを明らかにしなくてはなりません」

彼の言う通りかもしれない。私の気が逸《はや》ってしまっているのは確かだ。

深く息を吸ってから、私は話を続ける。

「ことの始めは、楓子さんがダイエットの薬として危険ドラッグであるアップルに手を出したことからでした。それを知った白雪さんがアップルの使用を止めるように説得しましたが、楓子さんは使用を止められませんでした。そうですよね？」

楓子は申し訳なさそうに頷く。

「では、白雪さんはどんな方法で楓子さんのアップル使用を止めようとしたのか。楓子さん、結局のところ、どうやってアップルの使用を止められましたか？」

「それは……白雪ちゃんからホワイトアップルを買うようになって」

「いや、楓ちゃん、ホワイトアップルって何さ？」

冗談だと思ったのか礼伊は笑みを浮かべて聞いた。

「えっと、白雪ちゃんが用意してくれたアップルによく似たクスリ。アップルは赤い色でホワイトアップルは白い色の錠剤。アップルに比べて効果は弱いけど、すごく安いの。白雪ちゃんは、アップルは警察に見つかると捕まるけど、ホワイトアップルなら平気って言ってた」

「何それ。本当にそんなのあるんだ？」

彼はホワイトアップルの存在を知らなかったらしい。

「おいおい、楓子、白雪はアップル売ってたって話じゃねぇのか？　俺はそんな話聞いてねぇぞ。それも危険ドラッグなのか？」

鉄太も同様に首を捻っている。

その問いには私が答えることにした。

「ホワイトアップルはおそらく向精神薬です。白雪さんはその薬を購入し、それをアップルの代替品として楓子さんに売り与えました。これが白雪さんの考えた、楓子さんにアップルの使用を止めさせる方法です。さらに彼女はホワイトアップルを大量に購入して、格安な値段で売って校内に流通させました。その目的はもちろん、楓子さんだけでなく校内にいるアップル常用者たちの使用も止めさせることだったのでしょう」

「待て。そんなことは不可能だ」

直哉がすかさず割って入った。

「向精神薬は医者の処方がなければ手に入れられない。大量購入はおろか、そもそも市販されていない」

「はい。普通はそうです。けれど、D島には〝自分に処方された薬を売買する拠点〟がありますよね？　モノレール高架下にあるブルーシートで覆われた場所です。直哉さんはご存じだと思いますが」

「……ああ、あったな。確かに、あそこなら買えるかもしれない。絶対に不可能だとは言えないか」

彼は苦虫を噛み潰したような顔になる。

ただ、ホワイトアップルが向精神薬であり、D島のブルーシートの場所で購入されたものだ、という確証はない。それに近い性質の市販薬が存在していて、彼女がそれを購入した可能性はあった。けれども、ホワイトアップルを使って白雪がやろうとしたことは同じだろう。

「だけど、資金は？　向精神薬を校内に流通させるくらい大量に購入するには、相当なお金が必要だぞ。しかも、格安で売ったんだろう？　白雪の家は金持ちでもなんでもない。どうやって工面したんだ？」

「お金はアップルを売買している組織が持っています」

佐藤くんは黙っている。ここまでの話の展開で問題がないようだ。

私は少しだけ安堵して話を続けた。

「それこそが白雪さんがアップルの売買に関わった一番の理由であり、彼女が襲われた原因だと考えられます。アップルを売買しているのだから、売上金があって当然です。おそらく、白雪さんはアップル売買組織の売上金を使い込んで、ホワイトアップルを購入したのでしょう」

ざわっと一同がどよめいた。

「白雪さんがアップルの売買に関わる前に、校内でアップルを流通させている売人が居ました。楓子さん、あなたにアップルの購入を持ち掛けてきた人物は〝校内に売ってくれる人がいる〟と言ったんですよね？」

「うん。間違いなく、そう言ってた」

「白雪さんはその人物を突き止めて、自ら協力を申し出たのでしょう。彼女の企みはこうです。アップルの売買に自ら関わることで、もともとあった売上金を使い、ホワイトアップルを購入。自分はアップルを売っているように見せかけ、その実、ホワイトアップルを売って、校内でのアップルの使用を止めさせる。その間に、アップル売買の組織の内部情報を摑み、警察に渡して摘発させる。組織がなくなって、アップルが市場から消えてしまえば、必然的に誰も買えなくなり、使えなくなる。彼女の最終的な目標は、アップルを無くしてしまうことだったと思われます」

私が口にしたのはただの推測に過ぎない。

けれど、白雪の行動から、そうだとしか考えられなかった。

いくらホワイトアップルが向精神薬だったとしても、医者でもない者が勝手に使用させるのは、危険ドラッグ同様の薬物乱用には違いない。どんな薬害を与えるのか知れず、薬物依存になる可能性もある。その行為は決して褒められたものではなく、違法な成分が入っていないだけマシといった程度でしかないだろう。

しかし、白雪はあえて承知の上で、幼馴染を危険ドラッグから守るために、それを実行しようとしたのではないだろうか。

「しかし、白雪さんはその志半ばで誰かに襲われてしまいます。なぜなら、アップルをもともと流通させていた売人が彼女の幼馴染の中にいたからです。白雪さんがアップルの売買にたやすく関われたのも、その人物が身近にいたからでしょう。その人物をアップルの売買から手を引かせるように説得を試みた彼女は、裏切りを知ったその人物に襲われたのです」

「黙って聞いてたけどさ、全部、あんたの妄想じゃん」

たまりかねたように礼伊が口を挟んだ。

「よくそんなドヤ顔で話せるね」

「……はい。私の想像です。なので、真実は白雪さんを襲った人物に教えて頂くしかありません」

私は傍らに置いてあったタブレットを手に取って電源をいれた。

「先ほども言いましたが、白雪さんを襲ったのが誰かをはっきりさせる方法があります」

私がそう口にしても、もう佐藤くんは止めなかった。

彼も問題のないタイミングだと判断したのだろう。

「彼女は当日、暴行を受ける直前、奏音に通話をかけ、自分が収集した犯罪の証拠の隠し場所を示す暗号を伝えました。それは〝ゴミを食って生きてるケダモノ〟というものです。この暗号は奏音の〝叶わない夢はゴミである〟という思考が、暗号を解く鍵になっています」

そして、私はタブレットを操作して動画ファイルを再生する。

「ゴミを夢に言い換える。つまり〝夢を食って生きてるケダモノ〟が隠し場所であり、それは白雪さんが文化祭で作成した〝獏〟の像を意味します。先日、奏音から皆さんに、その暗号を解く方法だけをメッセージとして伝えたところ、民俗学研究部の部室に置かれたその〝獏〟のもとに辿り着いた人物がいました。それができるのは暗号を聞かされた奏音、あるいは、白雪さんを殴った現場にいて暗号を聞いていた人物だけです。そして、これはそこに仕掛けた監視カメラが捉えた、その人物が深夜に学校に忍び込んで〝獏〟を手にしたところの映像です」

顔がタブレットに大きく映し出されたところで、私は動画の再生を止める。

「礼伊さんですね」

みんなの視線が礼伊に集まる。

「嘘だ。そんなのは、フェイク動画だ！」

礼伊がタブレットを指さす。死線で目元が隠れていても動揺しているのはわかる。

「もし、礼伊さんが犯人であると考えたとき、先ほどの皆さんの証言にあった一つの嘘が明らかになります。それは礼伊さんの証言で〝昼前にトイレに向かったときに、階段を上がってくる楓子さんを見た〟というもの。しかし、あの中央階段は折り返し階段になっていて、部室棟内部からは踊り場まで上がってきた生徒しか見えず、また、階段を上ってきた生徒は踊り場から部室棟内部が見えるので、礼伊さんが楓子さんの姿を目撃したのであれば、楓子さんにも礼伊さんの姿が見えたことになります。楓子さん、礼伊さんの姿は見ましたか？」

「……礼伊くんの姿は見てないよ。あのとき、部室棟は静まり返っていて、誰の姿もなかった。というか、礼伊くんが私を見かけたら、きっと声かけてくれると思う」

楓子は納得がいかない顔で首を横に振った。

「礼伊さんの証言ですが、本当は〝昼前に階段を下りていく楓子さんを見た〟だったのではないでしょうか。それならば、礼伊さんには階段を下りて踊り場にいる楓子さんが見えますが、楓子さんには背後の礼伊さんは視界に入りません。その後、民俗学研究部に向かった礼伊さんは、白雪さんと諍いを起こして事件に至ってしまった。楓子さんと鉄太さんは階段付近の茂みで話し、そして、直哉さんが慌てた様子で部室棟にやってきた。時系列に乱れは生じません」

礼伊は黙ってしまった。

私は直哉に視線を向ける。

「直哉さんは、礼伊さんが事件を起こしてしまったことをご存じだったんですよね？　白雪さんを衝動的に殴ってしまった礼伊さんは、すぐに親友であるあなたに電話をかけた。学校近くにいたあなたはその電話を受け、慌てて部室棟に向かい、倒れた白雪さんに応急処置を施したあと、部室棟を出て彼女の携帯電話を使用し、救急と警察を呼んだ。自分や礼伊さんの携帯電話を使わなかったのは、そこから足がつくことを恐れたから。白雪さんの携帯電話にどんな情報が入っているかもわからないため、現場から持ち去って処分する必要もあった」

「そんなわけないだろう。俺と礼伊が協力関係にあったなんて証拠はどこにもない」

直哉は露骨に顔を顰める。

「どう考えても協力関係にあるじゃん」

奏音が直哉を鋭く睨みつけた。

「直哉が白雪の携帯電話を持ち去る姿を楓子が見てるんだよ。でも、その携帯電話は事件発生したときに、白雪が私に電話をかけてる。つまりさ、事件後の現場に行かなきゃ、白雪の携帯電話は手に入んないわけ。少なくとも、直哉は倒れてる白雪を見つけて、携帯電話だけを奪ってその場を去ったのは確実じゃん。なんでそんなことすんの？　救急車呼んだのならそう言えばいいのに、直哉は部室棟に来たことすら隠してる。礼伊と繋がってる証拠でしょ。もし、礼伊が犯人じゃないなら、直哉が犯人ってことにならない？　怪我した白雪放置して、現場の証拠品持ち去るなんて、犯人の行動でしょ」

「楓子の見間違いじゃないか？　俺は白雪の携帯電話なんか――」

「それは通らんわ」

鉄太がぴしゃりと撥ねつける。

「白雪の携帯電話をお前が持ってたのは、楓子と一緒にいた俺も見た。白い携帯電話だった。あれは白雪のに間違いねぇよ。それにもう一つ。あのとき、部室棟を出入りしたのはお前だけだ。そして、部室棟に居たのは礼伊と美術部員と直哉、それから白雪だけ。俺の居たところは煙草吸ってるときにセンコーが来てもわかる場所なんだ。部室棟の出入りは全部見える。礼伊が犯人じゃなくて美術部員とずっと一緒だったってんなら、あとは消去法だろうが」

「いや、俺の前には楓子が……」

「楓子がなんだ？　まさか濡れ衣を着せようとしてんじゃねぇだろうな？　言うなら覚悟決めて言えよ。お前が売ろうとしてんのは仲間だぞ？」

「……っ」

直哉が言いかけたのは、楓子が白雪を殴ったあとに、自分が現場に到着した可能性についてだろう。それを否定できる証拠はどこにも無い。だが、犯人とその共犯者はそれが事実でないことを知っている。

「ねぇ、直哉くん、どうして礼伊くんを庇うの？　そうしなきゃいけなかった理由がなにかあるんでしょ？　それって親友だから？」

楓子は憐みの眼差しを彼に向けていた。

「……親友だから？　違う。そうじゃない。何度も言ってるだろ。俺と礼伊は協力関係なんかじゃない」

フッと直哉は不敵に笑う。

「礼伊は、俺に助けてくれって言ったんだ」

「直哉！」

「うるさいな、黙ってろ」

礼伊が制止する声を直哉は退ける。

「白雪にとんでもないことをしてしまった、助けてくれって、礼伊は俺に電話をかけてきたんだ。部室に行って、倒れてる白雪を見たとき、さすがに頭の中が真っ白になったよ。ひどい怪我だった。とにかく、助けないとって思った。応急処置をしてたら礼伊が言ったんだ。ここで僕が捕まったら白雪も捕まってしまうってな。わけがわからないだろ？」

直哉は笑みを浮かべ、吹っ切れたかのように饒舌に語り始めた。

「礼伊から、二人が危険ドラッグの売人だったと聞かされても、俄かに信じられなかった。でも、俺が状況を理解する時間はなかったんだ。白雪はかろうじて自発呼吸してたが、一刻も早く救急を呼ぶべき状態だったからな。礼伊から白雪を助けるために協力してくれと頼まれれば、そのときは頷くしかなかった。白雪の携帯電話を俺が持ち去ったのは、万が一、部室棟に残った礼伊が捕まって、その携帯電話に残る犯罪の証拠が露見するのを防ぐためだ」

礼伊はがっくりと項垂れている。

「それで後から礼伊に事情を全部聞いた。危険ドラッグを売ってたのは礼伊で、白雪がその手伝いをしてたってこと。でも、白雪が裏切って、組織の情報や礼伊がプールしてた売上金をどこかに隠してしまったって。それを聞いて俺は思ったんだ。くだらねぇなって。危険ドラッグなんか売って、白雪を暴行して意識不明の状態に陥らせて、俺に助けを乞う。こいつ、なんてくだらねぇ奴なんだって思った。心底、呆れ果てたよ」

直哉が礼伊を見る目は侮蔑の色に満ちていた。

「だから、その売上金、横から掠め取ってやろうと思ったんだ。いくら貯めこんだか知らないが、俺の夢の足しにしてやろうって。危険ドラッグなんてゴミを売って得た金だ。それで俺が医者になって人の命を救う方がよっぽど社会貢献ってもんだろう」

それが直哉と礼伊が裏で繋がりながらも、別個に奏音と会った理由だろう。

直哉は一人で先に白雪の隠した売上金を見つけたかったのである。

「そのためだけに、俺は礼伊が犯人だってことを黙ってた。何がきっかけで売上金が明るみになるかわからなかったからな。表には出せない金だった方が、俺にとっては都合が良かっただけなんだ。なぁ、一つ聞きたいんだけど、白雪が隠したものの中に、売上金はあったのか？　すでに使い込まれてるって話じゃないか」

私は首を横に振る。

「いえ、あったのは〝危険ドラッグ売買の組織の情報〟だけです」

「結局、なかったのか。だったらなおさら、俺が礼伊の味方をする道理はないな。共犯者にされるのも嫌だしな」

直哉が態度を豹変させたのは、それが理由だった。

彼は礼伊の協力者ではなく、むしろ敵対者だったのだ。

「全部、君の推理通りだよ。礼伊が白雪に暴行を加えた犯人で間違いない。白雪がアップルを無くすために組織の情報を警察に渡すと打ち明けられて、礼伊は裏切られたと思ったらしい。それで衝動的に白雪を殴ってしまったんだと」

『まずいな』

遂に白雪の事件の真相が明らかとなった。

ふいにイヤフォンから佐藤くんの声が聞こえる。

ずっと発言しなかったのに、今になって一体、何がまずいというのだろう。

『礼伊さんの味方をしてあげて』

耳を疑った。

どういうこと？

なぜ、礼伊の味方をしなくてはならないのか。

何を言い出したのだ、この人は。

『君の目的は死線消しだろ？　犯人叩きが目的じゃない。礼伊さんに現れた死線も消さなくちゃいけないんだよ。この状況は非常にまずい』

言われてみれば確かにそうである。

けれど、どうすれば礼伊の味方ができるのか、私には全く思いつかない。

パニックで頭の中が真っ白になる。

「なんで、礼伊はアップルの売人になったの？」

奏音が怒りに震える声で、青ざめた顔の礼伊に問う。

「……知らない。僕じゃない」

「てめぇっ！　ふざけんじゃねぇぞ！」

勢いよく鉄太が立ち上がり、座っていた椅子が倒れる。

そして、礼伊の胸倉を摑んだ。

「話せよ！　話さなきゃ、わかんねぇだろが！」

礼伊は為されるがままになっていた。

間違いなく犯人叩きの流れだ。

『じゃあここで、空気を読まずに、大きな声で君の能力をカミングアウトしようか』

このタイミングで⁉

本当にこの人を信じていいのだろうか。

確かに白雪の暗号を解いたのは見事だったけれど。

私は――

「ちょっと待ってください！」

私はそこに割り込んだ。

「……実は、私は人の顔に死の予兆が見えるんです」

私の発言は完全に場の流れにそぐわぬものであり、雰囲気を沈静化させるのに充分な効果を発揮した。みんなの困惑した視線をひしひしと感じる。鉄太は礼伊の胸倉を摑んだまま、唖然とした顔をこちらに向けていた。

『みんな落ち着いた？　次は、どんな能力で、誰に、いつ、死線が見えたのか、順に話していこう』

自分で何も考えられない私は、彼の指示に従うより他はない。

「……信じてもらえないと思いますが、私はこれから死ぬ人がわかります。最初は奏音に死の予兆が見えました。半年前、白雪さんの事件が起きた後のことです」

心臓がバクバクと鼓動を打ち始める。

でも、口にしてしまったからには仕方ない。もう止まれないのだ。

「今は鉄太さん、礼伊さん、そして、ベッドで眠る白雪さんにその死の予兆が現れています。もちろん、それは私にしか見えないもので、その能力の真偽を確かめる術はありません……」

『だけど、死線が現れている人には心当たりがあるはずだよ。とくに礼伊さんには』

「けれど、もしかしたら、あなたたちには私の能力が信じられるのではないでしょうか。礼伊さん、とくにあなたは自分が殺される理由に心当たりがあるのではありませんか？」

自分が操り人形にでもなった気分だ。

「どういうことだ？　礼伊」

鉄太にそう聞かれても、礼伊は黙ったままだ。

『あとは任せるよ』

ひっかきまわすだけひっかきまわした挙句の、無責任な発言に思えるが、そうではないのだろう。彼はパニックに陥った私を察してアシストをしてくれただけだ。

大きく息を吸って、吐く。そして、私は腹をくくった。

そう、死線を消すのは私でなくてはならない。

「三人になぜ死の予兆が現れているか。そこには危険ドラッグ売買の組織が関係していると思われます。その組織の名称は真縄組。組長である真縄有一は殺人さえ厭わない非情な人物だそうです。白雪さんが隠していた情報にもしっかりと、その存在が記録されていました。あなたたち三人は、その人物の手によって殺される可能性が高いと私は考えています」

「……真縄組。それが元凶か」

鉄太は礼伊から手を放した。

そのとき、鉄太の死線が増えた。レベル2だ。

私が真縄組のことを話したからに違いない。彼は一歩死に近づいたことになるが、今回私は死線を絶対に消す覚悟で臨んでいる。そんなことで気後れはしていられなかった。

「白雪さんの目的は、アップル売買組織である真縄組の情報を得て警察に摘発させることでした。彼女は売買に関わっていながら、売上金を使い込むなど、真縄組にたいしての裏切り行為を行っています。もし、それが露見していれば、死の予兆が現れていてもおかしくありません」

裏切者は粛清される。まるでマフィア映画のような話だが、可能性としてはありえなくはないはずだ。

「次に、礼伊さんはアップルの売人でしたが、白雪さんに売上金を奪われてしまいました。白雪さんの家に誰かを使って空き巣に入らせたり、各地で穴を掘ったり、必死に彼女の隠したものを探していたのは礼伊さんでしょう。おそらく、今も真縄組に脅され、生命の危機に瀕しているのではないかと思います」

楓子がホワイトアップルのことを口にしたとき、礼伊はその存在を知らなかったようだった。そうなのであれば、白雪が売上金をすでに使いこんでしまっていたことも気づいていなかっただろう。

「最後に鉄太さんですが、先ほど私が真縄組のことを伝えたとき、死の予兆がさらに濃くなってしまいました。おそらく――」

「ああ。あんたの言う通りだ。俺は真縄組が許せねぇ。ダチがみんなそれで不幸になってる。真縄有一だっけか。そいつには絶対に落とし前をつけさせる。だけど、俺はバカだから突っ走ることしか考えられねぇ。そんなんだから、これから死んでもおかしかねぇな」

自分が死ぬ可能性について、鉄太は妙に納得がいっているようだ。

「事情はわかった。礼伊、全部話せ。俺がなんとかしてやる」

そう諭す鉄太だったが、礼伊はそれでも頑なに口をつぐんでいる。

「礼伊さんが話せないのには理由があると思います」

この中で礼伊だけが真縄組と接点を持ち、彼らの実体に触れている。現実は漫画やアニメのようにはいかなくて当然だ。鉄太は何とかすると言っているが、どうにもならないことを彼は知っているのだろう。

「その理由を明らかにするには、なぜ、礼伊さんがアップルの売人にならなくてはいけなかったかを考える必要があると思います」

それこそが全ての始まりだと言える。

「真縄有一には〝クロウ〟と呼ばれる脳《ブレーン》みそがついています。この人物が跡目争いで崩れかけた組織を立て直し、有一をサポートしてアップルを流通させる仕組みも考えました。アップルが蔓延する状況を作り出したのはこの人物です。しかし、クロウは一年ほど前に突如として現れ、表に一切出てこず、知られているのは〝鴉《クロウ》〟の呼称だけ。もちろん、白雪さんが集めた情報の中にも、クロウに繋がるものはありません。警察が真縄組の摘発に踏み切れないのは、この人物の正体が掴めないからです」

しかし、名前こそ出ていなかったが、その存在は奏音の話の中に登場していた。

「直哉さんと礼伊さんのお父さんはある会社を設立し、二人で経営していました。しかし、今は倒産してしまって存在していません。その結果、直哉さんは進学を諦めました。けれど、礼伊さんはどうでしょうか。とくにお金に困った様子もなく、公立よりお金がかかる私立の大学に進学しています」

二人の金回りの差は歴然である。なぜ、父親が同じ状況にあるのにそこまでの差が生まれるのか。

「直哉さん、その会社の名前を教えてもらってもいいですか？」

「〝レインレイブン〟だ」

そこで彼はハッと何かに気づいたようだ。

「レインは雨宮さんの雨《レイン》でしょう。では、レイブンは共同経営者からとったものでは？ レイブンとは鴉を意味する言葉です。真縄組を立て直した経営手腕に優れた人物は〝鴉《クロウ》〟と呼ばれています。奇しくも同じ鴉《からす》です。礼伊さん、あなたのお父さんのお名前はなんでしょうか」

沈黙。

礼伊の代わりに直哉が口を開く。

「松下《まつした》玖《く》朗《ろう》。それが礼伊の父親の名前だ」

だが、そうだったとしてもそれはまだ確たる証拠にはならない。

「ここでの会話はもちろん聞こえていませんが、病院の外で組織犯罪対策課の刑事さんに待機して頂いています。さらには、真縄有一の報復を防ぐための別の手段も講じています。あとは、確たる〝クロウの正体に繋がる情報〟さえあれば、真縄組を摘発することが可能です。それが叶えば、白雪さんの目的だったアップルも無くなります」

組織内部の証言。礼伊による内部情報の暴露。クロウの正体。

それこそが確たる証拠だ。

この先の彼の行動が運命を分ける。

私は礼伊に視線を向けた。

「私はあなたたち全員の死の運命を回避するために、奏音と行動を共にしていました。今日ここに集まってもらったのは、決してあなたを糾弾するためではありません。私は死の運命に抗いたいだけです。あのとき、こうしてればよかったと後悔したくないだけです。しかし、あと一手が足りません。たとえ、足りたとしても運命が変えられる保証はどこにもない。それでも——」

礼伊はずっと黙っている。

彼の心にもっとも響く言葉はなんだろうか。


「仲間を死の運命から助けられるのは、あなただけなんです」


「……僕が、助ける？」

ようやく彼の声が聞けた。

「ええ、それができるのはあなただけです」

礼伊の口元に奇妙な笑みが浮かんだ。

「……お父さんは別に違法な薬じゃないって言ったんだ。自分も若い頃に遊びで使った程度のおもちゃみたいなもんだって。少し流行らせたいから、アルバイトだと思って協力してくれないかってさ」

ククと喉を鳴らす礼伊は、泣くのを堪えているのか、笑うのを堪えているのか、判別がつかない。

「お父さんそのとき、すごく追い詰められてて、必死になって僕に頼むんだ。親にそんなふうに頼まれたことある？　お願いだから手伝ってくれって。それで僕はアップルをクラブで売るようになった。それが良くないものだってのはわかってたよ。でも、どうしても断り切れなかった。最初だけって約束だったから」

彼にも葛藤があったのは間違いないだろう。

誰しもが持っている良心を屈服させるのは容易ではない。

「そのうち、引き返せなくなってた。明らかにヤバいやつらとの付き合いが目に見えて増えて、手伝ってただけなのに、いつのまにか僕にもノルマが出来てたんだ。いつまでにどれくらい稼いでお金を収めるか。若い世代にアップルを流行らせるのが僕の仕事で、管理さえ任されるようになった。お金はアホみたいに入ってきたよ。お父さんはそんな資金をもとに会社を作って、そっちに注力し始めた。でも僕は――僕はずっとアップルの売買だ。ダイエットの薬だとか言っちゃって、そんなのを真に受けて後輩が買ってくれた。そんな顔を見るのが辛くてしょうがなかった。でも、もうやめられない。絶対に引き返せない。毎日、次の日が来なければいいのにって思ってた」

礼伊は深く溜息を吐く。

「そんなとき、白雪ちゃんが声をかけてきたんだ。礼伊、私が助けてあげようかって。僕が苦しんでることなんて誰も気づかなかったのに、白雪ちゃんだけは違ったんだ。アップルを売ってるのが僕だとつきとめても、助けてくれるって。私たちは仲間だからって。彼女は僕の希望だった。僕の持っている情報を全部渡したよ。渡せるものは全部。僕はもう白雪ちゃんに縋《すが》ることしかできなかったから。それなのに、気づいたらプールしてあったはずの売り上げがごっそりなくなってた。お金が収められなきゃ、僕は殺される。ちゃんとそう言ってたのに……僕は、白雪ちゃんに、裏切られたんだ」

白雪の存在は礼伊の心の拠り所になっていたのだろう。

彼はそれを失ってしまった。

「……あの日、僕は確かめるつもりだった。白雪ちゃんが僕を裏切ったんじゃないってこと。助けてくれるって言葉が嘘じゃなかったってこと。だけど、白雪ちゃんはいきなり『ごめんね、礼伊』って僕に謝ったんだ。それは違うじゃないか。話が違う。白雪ちゃんが何か言ってたけど、頭の中が真っ白になった僕には全く理解できなかった。ただ、それでも『ゴミを食って生きてるケダモノ』って言葉は、はっきりと聞こえたんだ。僕から逃げるみたいに、白雪ちゃんが部室を出ようとして、そう言った。僕のことだと思った。僕は、ゴミを食って生きてるケダモノだ。そうだよ。人の心なんてもってない。何の価値もないものを食べて、何の価値もない生き方をしてるケダモノだ。気付いたときには、白雪ちゃんを思いっきり殴ってた。あとは全部、君が言った通りさ。直哉を巻き込んで、自分が助かるように算段をつけた。まさか鉄っちゃんが犯人として名乗り出るとは思ってもみなかったけど……ねぇ、僕はどうすればよかったんだろうね」

そのとき、鉄太が動いた。

礼伊の襟を摑み、彼を殴り倒す。

あまりにも速すぎて誰も止められなかった。

鉄太は固く拳を握っている。

「……俺は後悔してねぇ。白雪をやったのが、楓子でも直哉でも奏音でも礼伊でも、俺のとる行動は違わなかった。確かに庇ったことが間違いだったのかもしらん。それでも、俺に後悔はない。あのときはそうすべきと自分で判断したからだ。そんで、白雪を殴ったやつを、一発殴ると決めていた。俺の分はこれでチャラにしてやる」

礼伊は病室の床にひっくり返っている。

やがて、彼のぐすぐすとすすり泣く声が聞こえ始めた。

「……鉄っちゃん、僕さ、本当にみんなを、助けられるんかなぁ……鉄っちゃんみたいにさ、僕も格好よく生きたいよ」

「知らん。自分のケツくらい自分で拭け。馬鹿野郎」

「……礼伊くん、大丈夫、間に合うよ、きっと」

楓子はボロボロと零れ落ちる涙を袖で拭っている。

「ほんと、バカばっかりだ。礼伊も、何も気づかなかった私も」

そう呟く奏音だったが、顔は死線で完全に覆われているので、どのような表情なのか、私にはわからない。

直哉は私をまっすぐに見据える。

「君には本当に死の予兆とやらが見えるんだな？　それが消えれば死の運命が回避できる。間違いないか？」

私は頷き返した。

絶対ではない。けれど、今はそう信じている。

「……わかった。僕、警察に全部話すよ」

礼伊の言葉、そのすぐ後に私のイヤフォンから『警察に情報を渡した。どう？』と聞こえてきた。私は白雪、奏音、鉄太、礼伊と順に視線を向けていく。

「ダメ」

そう囁く。

誰の死線も消えていない。
思わず目を閉じてしまう。
まだ、諦めるには早い。
少してまた私のイヤフォンから『紅娘《ホァンニャン》に情報を渡したよ』と聞こえてきた。
私は祈った。
この世界に救いがあることを。
死の予兆は呪いか、それとも奇跡か。
私がこの力を持って生まれたことには意味があると信じたい。
深呼吸。そして、私は目を開けた。
奏音の顔は死線で完全に覆われている。
「……ねぇ、奏音。私が見える死の予兆は病死だと見えないって言ったよね」
白雪の顔にそれが現れていたとき、私は絶望した。
しかし、それは違ったのだ。
「白雪さんに死の予兆が現れたのは、きっと奇跡の予兆だったんだ」

私はポケットを探って、あるものを取り出す。

「この半年間、彼女は誰にも危害を加えられなかった。つまり、眠っていたからこそ、彼女は無事でいられたの。それなのに、死の予兆が現れた。その理由がわかる？　彼女が目を覚ますからだよ。目を覚ますから、彼女は殺されてしまうんだ」

それは誰かを害するための折り畳みナイフではなく、瑠璃色のハチドリが描かれたギターピックである。

「だけどね、奏音。今はもう白雪さんから死線が消えてる。わかる？　奇跡はあるんだ。起こせるんだよ。奇跡。ねぇ、白雪さんがあなたに残した暗号あるでしょ。ゴミを食って生きてるケダモノって言葉。ゴミを夢に変えるんだよ。夢はゴミなんかじゃない。白雪さんはあなたにそう伝えたかったって、思わない？」

私はぐしゃぐしゃに泣きながら、奏音にギターピックを渡す。

「たとえばね、私、思うの。もしさ、奏音の歌で白雪さんが目覚めるなんてことがあったら、それって奇跡じゃないかなって。だってさ、奇跡、あるんだもの。それを起こす方法は、ちゃんと白雪さんが言ってたじゃない。やってみる価値はあるよ」

どんなときでも奏音は歌えばいいんだから。

白雪はそう言っていたはずだ。

「歌って、奏音。奇跡を起こすために」

そして、有瀬奏音はふたたび夢と歌を取り戻す。
何度も繰り返し聴いた、私の大好きなあの歌声を。

ねぇ――
ねぇ、私の大切な幼馴染のチホ。
助けられなくて、ごめんなさい。
だけど、だけど。

「これが、あなたの望んだ誰も死なないミステリーなんだね」

『お疲れ様。世界で唯一の名探偵』
優しい言葉が私に届いた。

エピローグ

「つまり、本来であれば、有瀬奏音さん以外はみんな真縄有一の手で殺される運命にあったってことだと思う」

新校舎屋上にある給水塔の陰に座って読書をしていた僕は、読んでいた推理小説を閉じて言う。

「まず、事件から半年経って藤野白雪さんが目覚める。これが事件の起点。彼女は組織の裏切り者だったため、有一の手によって殺されてしまう。その後、使い込まれた売上金の責任を取らされて松下礼伊さんも殺される。アップルを追う石坂鉄太さんも有一に辿り着いて殺される」

そう口にして、あらためて有一の恐ろしさを実感する。三人もの殺害に関与するとんでもない人物だ。登場することなく事件が解決して本当に良かった。

結論から言うと、有一の脳《ブレーン》みそである〝鴉《クロウ》〟こと、松下玖朗《まつしたくろう》とその息子の礼伊は警察に逮捕されたが、有一は逮捕されなかった。彼は紅娘商会の琳鈴麗の手によって〝処置〟を施され、姿を消したためである。その処置が何か気が気ではなかったので、鈴麗に確認したところ「奴はもうこの国いない。帰ってもこない。でも生存。無問題《モーマンタイ》」とだけメッセージが返ってきた。有一がどうなったのかは結局定かではないが、死線が完全に消失したことから、白雪たちの殺害を防げたことは間違いない。

紅娘商会という裏社会の組織の手を借りなければ彼は止められなかった。

殺人を止めるには必要で、仕方のない手段だったと思うしかない。

「そして、幼馴染を三人も失い、夢も失っていた奏音さんは人生に絶望して自殺する。そうならなかった今となっては、本当にそんな未来が待ち受けていたのか確かめようもないけれど」

殺人事件になるはずだったこの事件は、遠見志緒の行動により誰も死なない結末を迎えたのだ。

「君はよくやったよ。何にも見えない真っ暗な状況で、それしかないって正解の道を進んだ。最善を尽くしたと思う。そして、運命が変えられることを自分で証明した。君以外の誰にも、この運命は変えられなかった」

「それは違うよ、佐藤くん」

この学校の制服を身につけた志緒は傍までやってきて、手に持っていた小さな紙袋を僕の前に突き出した。

「私が運命を変えたんじゃない。だから、これ、受け取ってくれる？」

「……何？」

「開けてみて」

言われるがままに受け取って紙袋の中を探る。

入っていたのは、つばのついた帽子だった。

「それ、誕生日プレゼント」

「誰の？　僕の誕生日はまだ先なんだけど」

「運命を変えるのに必要だったのは、佐藤くんの〝猫の手くらいの力〟だったんだと思う」

彼女の手助けをする際、確かに僕はそんなふうに言った。

「私ひとりじゃ運命は変えられなかったし、運命が変えられることも証明できなかった。運命を変えるためには、私には〝猫の助っ人〟が必要だったんだよ。それはその証のキャスケット」

なぜか彼女は恥ずかしそうに顔を赤らめている。

「……猫の助っ人？」

そう口にして、僕はピンときた。

まさか。

「猫の助っ人《キャット・スケット》で、キャスケット？」

あまりのくだらない冗談に思わず噴き出して笑ってしまった。

なんだそれ、僕の名前みたいな冗談だ。

「そう、だから受け取って、佐藤くん。私たちは今日、コンビを結成するの。そして、私たちが間違った運命を変えていくんだよ」

僕の思う名探偵とは、名推理でもって事件の発生を阻止し、未然に解決できる者だ。

目の前にいる少女はそれを実現した名探偵である。

僕はキャスケットを被る。

「いいね、これ」

「うん、よく似合ってるよ」

ときに名探偵には、それにふさわしい助手が必要だろう。

キャスケットを被った僕が猫の手くらいの力を貸すのもやぶさかではない。

「コンビ結成の誕生日プレゼントなら、僕からも何かあげようか？」

「いいの？　だったら――」

彼女は眩いばかりの微笑みを返す。

「これからの私に、たくさんの素敵な推理をプレゼントして」

それだとまるで僕が名探偵みたいじゃないか。


新校舎の屋上に現れた少女は、まるで世界の始まりを見るかのような、そんな期待に満ちた明るい瞳をしていた。

それもそのはずで、彼女には人の死がわかるのだという。病死や寿命以外の厄災でこれから死んでしまう人の顔を見ると、相手の両目を覆う黒い帯のような横線が見える。そんな能力を彼女は生まれつき持っているらしい。

けれども、彼女が見る死の運命は、絶対に避けられないものではない。

つまり、遠見志緒の死を見る能力は、奇跡の力だ。


「ねぇ、佐藤くん。私たちは二人で、世界で唯一の、真の名探偵になるの」

それは頭上に広がる青空くらい希望に満ちた、素敵な未来に思えた。

著者略歴　作家　著書『誰も死なないミステリーを君に』『誰も死なないミステリーを君に２』（以上早川書房刊）『きみの分解パラドックス』『夜桜荘交幽帳　さよならのための七日間』『やさしい魔女の救いかた』『僕の目に映るきみと謎は』他多数

HM=Hayakawa Mystery
SF=Science Fiction
JA=Japanese Author
NV=Novel
NF=Nonfiction
FT=Fantasy

誰《だれ》も死《し》なないミステリーを君《きみ》に 眠《ねむ》り姫《ひめ》と五人《ごにん》の容疑者《ようぎしゃ》

〈JA1498〉

二〇二一年九月二十日　印刷
二〇二一年九月二十五日　発行

（定価はカバーに表示してあります）

著者　井《い》上《うえ》悠《ゆ》宇《う》
発行者　早川　浩
印刷者　入澤誠一郎
発行所　株式会社　早川書房

郵便番号　一〇一 - 〇〇四六
東京都千代田区神田多町二ノ二
電話　〇三 - 三二五二 - 三一一一
振替　〇〇一六〇 - 三 - 四七七九九
https://www.hayakawa-online.co.jp

乱丁・落丁本は小社制作部宛お送り下さい。送料小社負担にてお取りかえいたします。

印刷・星野精版印刷株式会社　製本・株式会社フォーネット社

ISBN978-4-15-031498-9 C0193

本書は活字が大きく読みやすい〈トールサイズ〉です。